ESPURNA

bromera

ESPURNA

ÚLTIMS TÍTOLS PUBLICATS

80. *La nit que Wendy va aprendre a volar.* Andreu Martín
81. *L'amenaça de les grues.* Carme Miquel
82. *Passadissos d'ombra.* Agustín Fernández Paz
83. *La frontera negra.* Silvestre Vilaplana
84. *Els focs de la memòria.* Jordi Sierra i Fabra
85. *Contra el vent.* Fina Casalderrey
86. *El diari de la Neus.* Glòria Llobet
87. *Poderosa.* Sérgio Klein
88. *Només ens queda l'amor.* Agustín Fernández Paz
89. *Wendy Ataca.* Andreu Martín
90. *Pell d'escata.* Enrich Lluch
91. *Qui és el de la foto?.* Maria Carme Rosa
92. *La violinista de París.* Joan Pla
93. *Poderosa 2.* Sérgio Klein
94. *Wendy i l'enemic invisible.* Andreu Martín
95. *El verí de la cobra.* Josep Millo
96. *Barça ou barzakh!.* Gemma Pasqual i Escrivà
97. *PQPI Connection.* Lluís Miret
98. *El centre del laberint.* Agustín Fernández Paz
99. *Resurrecció.* Silvestre Vilaplana
100. *Fantasmes de llum.* Agustín Fernández Paz / Miguelanxo Prado
101. *En les mars perdudes.* Raquel Ricart.
102. *Somnis trencats.* Jordi Sierra i Fabra

L'estirp de l'horror ha obtingut el Premi Samaruc al millor llibre juvenil publicat el 1998 que atorga l'Associació de Bibliotecaris Valencians.

Polígon Industrial 1 - 46600 Alzira
www.bromera.com
Disseny de la col·lecció: *Pere Fuster*
Coberta: *Xavier Tortosa*
Impressió: *Romanyà-Valls*

1a edició: *febrer, 1998*
9a edició: *juliol, 2012*
ISBN: *978-84-7660-360-4*
DL: *V-2229-2012*

L'ESTIRP DE L'HORROR

Vicent Enric Belda

ESPURNA
bromera

A Ada i a Laura

PART PRIMERA
L'ESTRANGER

I

Poques hisendes hi ha per aquestes contrades més bones i més ben dutes que Can Macià. Així ho havien dit a la taverna del poble a aquell negociant noruec que esperonava amb moltes presses una mula pel difícil camí de muntanya que menava al mas. Era un llarg camí, ja li ho havien advertit, i ara el sol de tardor es ponia entre els alts cims i la nit es precipitava sobre el profund bosc d'alzines.

«Què em fa a mi la nit, si tanque un bon tracte —es deia en veu baixa per encoratjar-se—. Si aconseguisc només vint tonells d'aquell conyac que m'han donat a tastar a la taverna, hauran pagat la pena les despeses i els maldecaps del viatge.»

Però ja era nit tancada i encara no havia arribat al cim. Arribat al primer cim advertiria, segons li havien dit, una extensa plana de camps treballats i, un poc més lluny, les construccions del mas. El camí, tanmateix, seguia pujant i ell començava a inquietar-se. Potser havia sobrepassat el molló que indicava les fites de la propietat i cavalcava en sentit erroni, allunyant-se a cada pas, cada vegada més, del seu destí. En aquell moment, un mussol expandí el seu crit i, en alçar el vol, sentí a prop el frec de les seues ales. El cor de l'estranger bategava ara més fort i el seu front es cobrí d'una suor gebrada. Soltà la mà dreta de les regnes i buscà en una butxaca de l'armilla una medalla quadrada de plom que feia servir d'amulet. El tacte de l'humil metall el reconfortava.

Encara havia de passar una bona estona de revolts, escorcollant atent els sorolls de la nit impenetrable, fins que, per fi, el camí es féu pla i va poder distingir al lluny la llum parpellejant d'una foguera.

Tornà de sobte la pau a la seua ment agitada. Ja mai més passaria la por que sentí en el seu primer viatge, quan es va perdre durant tot un hivern per aquell infern glaçat de les estepes siberianes. Ara sabia valorar en la seua justa mida els riscos i havia après que de res servien els molt substanciosos guanys si en canvi havia de jugar-s'hi l'ànima.

No volia, però, recordar aquell viatge. I, si en les nits a casa els records convertits en malsons el despertaven, s'alçava i buscava la companyia dels humans en alguna baralla que, si no trobava, ell mateix organitzava a les tavernes del port de la seua ciutat d'Oslo.

«Amb poca gent podré barallar-me en aquestes càlides terres del sud —es digué—, si amb prou feines aconseguisc que m'entenguen. D'altra banda —pensà—, tots semblen tan amables que trobe que em resultarà més fàcil fer lliga amb alguna dona que entrar en aquests rudes jocs dels homes que tant m'agraden.»

—Bona nit tinguem, cavaller! —sentí que el saludava un home petit i nerviós, que omplia una gerra d'aigua en una fonteta, a l'entrada del mas.

—Bona nit! L'amo?

II

—Benvingut siga a casa meua qui és capaç de fer tan llarg camí per un tracte —va dir en Macià, l'amo, un home vell i de poca alçada, però d'aspecte opulent, que va baixar en camisa de dormir a rebre la visita tan prompte com el criat va cridar a la porta de la seua cambra per avisar-lo.

—Vinc a comprar conyac —va dir l'estranger, amb la brevetat a què l'obligava el seu desconeixement de l'idioma.

—Sí, n'hem tretes bones anyades, però d'això, ja en parlarem demà —li va dir en Macià—. Ara li faran alguna cosa de sopar i li prepararan un llit. Jo ja me n'anava a dormir. Ja en parlarem demà. Ara descanse.

L'estranger seguí el criat pel corredor fins a la cuina i després va seure a l'extrem d'una espaiosa taula, a penes il·luminada per dos ciris grossos molt cremats. El criat que el va rebre, aquell homenet d'aparença eixuta i servil, s'assegué a la vora de la llar apagada, observant-lo de reüll, metre desgranava unes espigues de dacsa.

Una criada major i un poc carregada de carns aparegué per la porta lligant-se el davantal. Pel seu parlar aspre, quan saludà l'estranger, féu l'efecte que l'havien treta del llit. Immediatament la dona es posà a treballar i un seguit d'àpats freds començaren a desfilar per davant d'aquell home que havia tingut la gosadia de despertar-la en plena nit.

—Menge, vosté menge —li deia de tant en tant el criat, que el mirava com volent encetar conversa.

—Lluïset —li digué la criada—, vés i gita't, i deixa tranquil el senyor.

—Calla, calla, Antònia, i atén l'home.

—Jo ja tinc prou per avui, gràcies —digué l'estranger, passant la mà plana sobre el seu estómac amb un gest evident.

El criat el va acompanyar a una cambra situada a la mateixa entrada de la casa. Li deixà un gresolet sobre la tauleta de nit i s'acomiadà:

—Jo sóc Lluís... Lluïset, senyor. Si vol alguna cosa, em toca a la porta. Dorm al final del corredor.

—Gràcies, bona nit. Em dic Skram, Nordahl Skram.

El criat isqué de la cambra i tancà amb cura la porta. En Nordahl contemplà amb complaença el modest però pulcre abillament de l'habitació. Estava molt esgotat i tenia son, però no pensava gitar-se a dormir amb la panxa tan plena, així és que decidí fer una ullada al mas. Va eixir al corredor i obrí amb molta cura la porta del carrer. Tots ja dormien i s'hi respirava una quietud molt agradable. A fora, la nit era fosca, però del cel penjaven milers d'estels. El suau vent estava carregat de les subtils aromes de la tardor. Aromes de verema, de terra aspra, de most dolcíssim i vellutat. A males penes podia distingir la resplendor de calç de les parets dels altres dos edificis del mas: una nau d'una sola planta, que devia ser el celler; i la quadra, de dues plantes, la de dalt ocupada segurament per la pallissa i pels habitatges dels jornalers, perquè, en una de les ales, hi havia finestres i en una d'elles cregué veure un llum bellugar-se. Tots tres edificis formaven una plaça empedrada, oberta i ampla, al bell mig de la qual s'elevava un om centenari.

Tornà a la seua cambra, apagà el gresol i intentà dormir. Que poc li van costar als seus deliris ocupar tots els espais del son! Eren una nuvolada obscura caient sobre ell tan prompte com cloïa les parpelles.

Sempre el mateix malson... Immenses extensions ermes i glaçades i ell corrent per la neu darrere de qualsevol animal, gran o menut, que es bellugara. Estava nu, però no sentia fred, sinó un desig incontrolable de veure brollar dels colls agitats la tèbia sang d'aquells animals que corrien davant d'ell amb els ulls plens d'espant, abandonant la vida en cada alenada...

Es despertà de sobte. Temia aquell malson, però no sabia com fugir-ne. D'altra banda, estava segur que aquell somni contenia tota la veritat d'aquell infern glacial en què havia estat perdut dos llargs mesos d'hivern dels quals no recordava res, sols veure's immers en una tempesta de neu i que, al cap del temps, dos homes l'arreplegaven nu, gelat, quasi mort a la porta d'una petita església de fusta ennegrida. Sentí com el van arrossegar a l'interior de l'església i que un d'ells li féu el senyal de la creu al front amb oli beneït, tebi. Poc després, recuperà la consciència i va ser aleshores que van donar-li aquella medalla de plom amb aquella singular creu al dret i, al revers, unes estranyes paraules, el significat de les quals no podia recordar.

Va encendre la llum del gresol i va romandre amb els ulls molt oberts, repassant les claredats i les ombres d'aquella agradable cambra. Va pensar que li vindria molt bé una miqueta del conyac que havia provat a la taverna i es dirigí a la cuina. Era una casa molt gran i els llargs corredors eren plens d'una serenor fosca i profunda. Va arribar a la cuina i va olorar distintes ampolles fins que va entretopar-se amb la flaire alhora rotunda i delicada d'aquell conyac. Va agafar l'ampolla sencera i tornà vers la cambra.

Tan prompte com obrí la porta de la cuina, escoltà una altra porta obrir-se i veié ballar la llum d'un altre gresol. Apagà el seu llum i es quedà quiet, sense saber què fer. La llum s'acostava més i més vers on ell estava. D'improvís, darrere de la llum, descobrí els ulls més bonics que havia vist en sa vida. Ell s'havia quedat tan quiet a la foscor que l'ama d'aquells ulls immensos passà sense advertir la seua presència.

Quan la llum es perdé pel corredor va poder tornar a la seua cambra. Va beure amb fruïció d'aquell licor i va adormir-se amb el sabor d'aquell nèctar de déus als llavis, i els ulls, per la dolça visió, plens d'una claredat deliciosa.

III

En Nordahl Skram va despertar quan a penes les primeres llums del dia començaven a penetrar a la cambra, a través de les finestres entreobertes i de les grosses cortines, modestament setinades. El seu primer pensament no l'ocupava, com era habitual, el negoci que hauria de tancar aquell dia, sinó trobar l'ama d'aquells ulls que ara sentia omplir tota la seua existència.

Es vestí ràpidament i es rentà la cara amb l'aigua fresca del rentamans que hi havia a la cambra. Contràriament al que solia ocórrer, aquell dia el seu aspecte el preocupava. Sabia que la seua presència queia bé a les dones del seu país i que més d'una, quan el veia passar, feia aquell riure burleta que volia dir «m'agrades», encara que semblara el contrari. Però, i ací?

S'entretingué mirant-se a l'espill, intentant amb els dits mullats dominar els seus llargs cabells rossos. La seua pròpia mirada el sorprengué. El blau dels ulls li semblà massa clar sota el feixuc arc de les celles. El nas es desviava lleugerament vers la dreta per culpa d'una maleïda punyada i lamentà tenir una barba tan poc poblada. D'altra banda, es trobava prim i era probable que resultara massa alt. Botonà la camisa blanca i pensà que potser el negre rotund del seu tern tampoc resultara massa escaient en aquelles lluminoses contrades.

Les coses de l'amor el feien sentir tan insegur que lamentava haver de passar per aquelles circumstàncies. Tanmateix, es veia atrapat i dirigí les seues passes vers la cuina, pensant que es trobaria amb el motiu del seu neguit.

Els de la casa, en realitat sols l'amo i els dos criats, el van rebre amb molta cortesia i l'afalagaren parlant del seu bon aspecte. S'assegué a taula, enfront de l'amo. En Nordahl Skram se li presentà complidament i féu lloances d'aquella deliciosa beguda que havia tingut l'oportunitat de provar a la taverna del poble. Quan va haver acabat el seu parlament, en Macià es deixà dur per la vanitat i li parlà llargament dels seus vins i de les seues propietats. Mentrestant, la mirada d'en Nordahl constatava que no hi havia més coberts que els seus i que semblava que no esperaven cap persona més a taula.

En acabant de desdejunar, en Macià, des de la plaça del mas, li va mostrar orgullós la seua propietat. Passaren per la quadra i després el condui a uns rebostos espaiosos, amb profunds i frescos cellers. Li semblaren molt ben endreçats i el van encisar amb aquella tan dolça aroma de most verge que tant li agradava. En Nordahl no estava molt atent al vell, els seus pensaments eren uns altres, i, pels seus problemes amb l'idioma, li anaven caient en oblit paraules soltes i més d'una frase. En Macià li indicà els tonells de conyac, només n'hi havia dotze amb més de vint anys i li'ls volia cobrar a un preu desorbitat. En Nordahl va saber reaccionar a temps, li va oferir un preu més baix pels dotze en canvi d'endur-se'n dotze més de conyac jove a un preu ajustat. Encaixaren les mans i allí mateix segellaren el tracte.

Ara havia de refer la gran distància del mas al poble i la molt més gran distància del poble fins a la mar, a aquell port de Sant Roc on tenia fondejat el seu vaixell. Però era ja migdia i el vell Macià li va demanar que dinara amb ell. Els ulls d'aquella dona tenien pres en Nordahl i aprofitaria qualsevol motiu per ajornar la seua marxa.

Durant el dinar hagué de mossegar-se els llavis per no preguntar a l'amo per aquella dona que havia vist de nit. Sabia que aquell podria ser el final de la cortesia d'en Macià, si es tractava d'alguna persona de la seua família. Si es tractava d'una muller massa jove per al vell, potser la gelosia feia que la tinguera amagada de les mirades sempre irrespectuoses dels homes joves. Podria ser una filla, però va preferir pensar que es tractava d'alguna criada. En Nordahl va gosar demanar quedar-se una nit més i eixir a l'alba.

IV

L'estranger va aprofitar la vesprada per fer un passeig per la propietat. Era realment una hisenda excepcional, una extensió enorme voltada d'alts cims que la protegien dels forts vents de tramuntana i de ponent. La part més alta de les terres del mas, guanyant lloc a la serra, era coberta de bancals escalonats d'oliveres velles curosament treballades. Més avall, hi havia una àmplia extensió de terres cobertes de restoll de blat i civada. Pertot, garrofers aïllats, imposants, i alguna alzina, esquitxaven amb la seua ruda i compartida esplendor el paisatge. En la part més baixa, vinya. Uns quants jornalers traginaven cistelles de raïm a través de les línies perfectes dels ceps i una colla de dones veremava.

S'hi acostà per si una d'elles era la dona que buscava.

—Bona vesprada —saludà obertament.

—Bona vesprada, cavaller! —li van respondre tots al mateix temps. Després, les dones s'ajupiren entre els ceps i esclataren amb aquell riure nerviós que li semblà tan estúpid, espiant-lo de tant en tant des de la protecció dels amples pàmpols.

Tanmateix, un poc més lluny, veié que s'aproximava una xica amb un càntir d'aigua. Sentí bategar el seu cor de pressa i va pressentir que potser fóra aquella la dona que buscava. S'hi va acostar i, amb un gest, li va demanar aigua. Aquella era una xicota molt bella. Tenia els braços descoberts i va observar que tenia una pell molt blanca i neta. Duia solts els seus llargs cabells negres i ondulants, i cobria el seu coll amb un mocador de seda. Dominada per una càndida timidesa, la seua mirada es mantenia baixa. En Nordahl va beure lentament, fruint de cada glop d'aigua fresca, sense deixar de mirar la xicota.

—Com et dius? —preguntà en Nordahl després d'apagar la seua set.

—Rosa, senyor, em dic Rosa —i va somriure i va alçar la mirada, i va ser aleshores quan va poder mirar-la als ulls, que eren blaus i molt bonics, però no els ulls que buscava.

Tornà a la casa, caminant pensarós pels camins polsosos. La dona que buscava no era cap d'aquelles. Va pensar que potser aquells ulls que ara habitaven la seua ment no eren més que un altre dels seus estranys somnis.

S'acostava al mas amb llargues i decidides

passes. Encara podia arribar al poble a bona hora si s'afanyava. En arribar a la plaça, féu una darrera mirada als voltants. Després, va obrir la persiana de fusta de la casa i s'endinsà en la seua fresca foscor.

—Bona vesprada, senyor! —va escoltar en Nordahl. Duia els ulls plens de sol i féu un gran esforç per poder distingir aquella dona que el saludava. A poc a poc, els seus ulls s'acostumaren a la penombra i besllumà davant d'ell una imatge perfecta. Sens dubte, era ella. El cabell castany i llis, de daurades lluïssors; el rostre bru i perfecte; els llavis vermells, continguts però plens; les celles subtilment arquejades sobre aquells ulls color mel que el fascinaven.

—Sóc Nordahl Skram —va dir nerviós l'estranger—; vinc a fer negocis amb l'amo.

—Amb mon pare —va dir ella—. Em dic Maria.

V

Mala condemna és deixar a una persona només un dia per fruir del paradís. Quants plaers ens posa el destí a l'abast i després ens els pren, sense donar-nos temps de tastar-los. Calia no perdre ni un moment i en Nordahl aprofità que en Macià havia eixit al celler per no apartar-se ni una estona d'aquell meravellós ésser.

L'acompanyà a la cuina i en Nordahl va seure en un banc, seguint-la amb la mirada. Mentrestant, Maria, atordida, feia com que feinejava d'ací cap allà i després al costat de l'Antònia, topant-se amb ella i amb tots els atuells amb què es creuava. Maria mirava en Nordahl amb el rabet de l'ull i notava la seua penetrant mirada quan li donava l'espatla. Finalment, s'entretopà amb un setrill i aquest caigué a terra, vessant l'oli pel sòl de l'estada.

—Déu meu, Maria, pensa què fas! —la va renyar la criada—. Vés, corre, deixa'm sola!

Maria va eixir de la cuina morta de vergonya i ell la va seguir fora de la casa. En Nordahl buscava un lloc discret i dirigí la xica a la part de darrere del mas, on va trobar un senzill banc de pedra emblanquinada, sota un porxo cobert per una espessa parra.

Una curiositat incontenible traïa la discreció de la jove, que a penes tenia l'oportunitat d'eixir del mas i que ara es trobava meravellada per l'excepcional presència d'aquell estranger. Quantes preguntes podria fer-li sobre aquell món que envoltava el mas sense esgotar-lo?

En Nordahl responia les seues preguntes com podia, ajudat per tots els vocables de totes les llengües que coneixia. Li parlà sobretot dels ports en què havia amarrat el seu vaixell i de la gent més fantàstica i extravagant amb qui havia fet algun tracte. Quants llocs havia conegut des que es llançà a la mar amb aquell vaixell heretat de son pare! Repassà amb orgull la seua pròpia història mentre parlava, però li semblà relliscar en una fosca clotada quan arribava a aquella part de la seua vida que volia apartar de la seua memòria, aquell maleït viatge per terres de Sibèria. Un nuc se li féu a la gola, abaixà la mirada i va callar de sobte.

—Deus estar cansat —li digué ella—. Jo em sent tan ignorant i tu saps tantes coses!

En Nordahl va alçar el cap i va tenir l'oportunitat de descobrir en els ulls de Maria aquell espurneig que irradien els ulls de les persones enamorades. Va agafar la seua mà i la va besar amb tota la suavitat de què fou capaç. Ella l'apartà immediatament i corregué vers la casa, abrusada de vergonya.

En Nordahl es va cloure a la seua cambra, fent veure que repassava comptes. No va voler sopar, però va eixir una estona per concretar amb en Macià els detalls del tracte. Si partia demà a primera hora, despús-demà mateix estarien allí els carros. Va pagar amb trenta monedes d'or, l'una damunt de l'altra, el preu que havien convingut i s'acomiadaren amb paraules amables de fer més endavant nous tractes.

VI

—Ja mai més tornaré a veure-la —pensà en Nordahl mentre es deixava caure sobre el llit—; he jugat una mala carta i he perdut la partida.

Quanta gent coneixia, però que sol es trobava! Si no fóra perquè a la seua nau l'esperaven els mariners, podria buscar mil excuses per romandre per aquelles contrades una llarga temporada. Després de pagar a preu excessiu els tonells d'aquell licor que tant li agradava, encara tenia les albardes plenes de diners, aconseguits pels excel·lents preus amb què havia venut als comerciants del port tota la càrrega de saladura, els ous d'esturió i el peix fumat.

Però els dards del seu amor semblaven haver-se clavat en diana equivocada. Pensà que faria un negoci redó si demà mateix enviava els carreters al mas i en tres dies com a molt posava el seu vaixell rumb a Oslo, o potser Londres, on sabia que col·locaria a molt bon preu aquella beguda que els anglesos, com pocs, apreciaven.

—Dones —pensà— n'hi ha en tots els ports,

que em rebran amb els braços oberts a penes sentir el dring dels meus doblers.

Tanmateix el seu cor el traïa. Sabia que l'atracció que sentia per Maria era ben distinta. Pensà en la calor d'una llar. Recordà la seua infantesa. El rostre sempre dolç de sa mare i l'amorosa rectitud de son pare, que l'omplia de besos i dels regals més insospitats quan, després de mesos de viatge, tornava a casa. Que llunyans li semblaren aquells temps! Ara els seus millors records els imaginà poblats d'espectres.

Si demà marxava, passaria ben bé mig any abans que poguera tornar. Podria enviar-li cartes a través dels vaixells que feien la seua mateixa ruta. Però, també podria ella estar promesa d'algun hereu de la contrada i casar-se abans que li aplegara la primera carta.

Podria arriscar-se a trucar a la seua porta quan tots dormiren i confessar-li aquests sentiments que l'aclaparaven. Era una bogeria, però pensà que no podia deixar el mas sense confessar-li el seu amor. Però, i ella? Com hauria de saber la naturalesa de les seues intencions? Cridaria tan fort en veure'l entrar a la seua habitació que despertaria tota la casa. Que llargs resultaven els dies en alta mar i que perversament curts li semblaven els dies en terra ferma!

S'alçà del llit i es movia neguitós, com una fera ferida, de banda a banda de la cambra quan, de sobte, algú va trucar lleument a la seua porta.

VII

Que dolces les hores de l'amor, però que amarg el moment del comiat! Si abans el neguit de la partida el consumia, ara el record de la pell de la seua amada i el sabor dels seus besos eren una presó de la qual no voldria mai escapar.

Es regirà violentament en el llit i, amb la revolada dels llençols, li paregué flairar la tènue aroma dels cabells de Maria. Abatut, va enfonsar el seu rostre en el coixí perfumat.

Com més pensava en el futur que podria construir al costat de Maria, més dura se li feia la partida. Havia de marxar, però aconseguí dels llavis de la seua amada paraules d'amor etern que el tranquil·litzaven.

Podria ben bé tornar en primavera i arreglar amb en Macià un matrimoni, que consentiria si ell decidira establir-se en la contrada o, fins i tot, en les terres de l'heretat. Podria vendre el seu negoci i, amb els diners, guanyar-li més terra a la muntanya i fer d'aquell mas una propietat de la qual se sentiria parlar arreu d'aquest país acollidor i càlid.

Tanmateix, un sentiment de solitud el va envair quan Maria va tancar la porta, una solitud immensa que li dugué a la memòria, vagament, aquell terrible hivern que s'entestava a oblidar. Una solitud sinistra, com un auguri obscur.

* * *

Maria havia marxat a la seua cambra passada la mitjanit i ja feia estona que en Nordahl es bellugava entre els llençols, que encara semblaven guardar la tebiesa del cos de la seua amada. Intuïa que aquella separació li esquinçaria l'ànima i que, la ferida, ja res li la podria guarir. Apagà el gresol i va cloure els ulls, esperant descansar abans de la imminent irrupció de l'alba.

En Nordahl Skram relliscà finalment pels espais dels somnis... El món era un mar encalmat i els ulls de Maria irradiaven la llum que menava el seu vaixell a port segur. El cos de la seua amada era el caliu que mai li hauria de faltar a la seua freda ànima.

De sobte, però, una nuvolada fosca i espessa començà a guanyar terreny per l'horitzó dels seus deliris. Les ones començaren a créixer i en no res el vent esquinçà les veles i ell era un vaixell a la deriva, arrossegat pel temporal vers un pèlag incommensurable i terrible. Una ona irada el va abraçar i se l'engolí dins de l'abisme fred i obscur de la mar profunda.

Després, la mar l'abandonà en una platja deserta i glaçada. Caminà molt de temps per la neu cercant el fum d'alguna xemeneia, però caigué esgotat abans de trobar un senyal de vida. Quan es va recuperar, veié en l'horitzó una noia que caminava solitària, protegint-se la cara de la forta ventada amb el coll del seu abric de pell de llúdria. La va cridar, però l'eco no li retornà el seu crit, sinó un udol feroç. La noia començà a córrer, esmaperduda, i ell arrancà a córrer darrere d'ella. No corria sobre dues cames, sinó que les seues mans eren ara dues urpes potents i peludes obrint-se camí per la immensa extensió erma i glacial, avançant pel gel darrere d'aquella noia desvalguda. Estava nu però no sentia fred, sinó un desig incontrolable de veure brollar del coll trèmul de la noia la seua tèbia sang. I ella corria i corria davant d'ell amb els ulls plens d'espant, abandonant la seua preciosa vida en cada alenada...

I després, cregué despertar, però la seua ment continuava immersa en les tenebres de la irrealitat... Tot era fosc, però ja no feia fred i el cel era cobert de milers d'estels. Caminà per l'obscuritat, alenant el vent de la nit, les suaus i dolces aromes de la terra aspra. No molt lluny distingí una ombra i ell es va aturar de sobte, i va seguir atent els seus moviments. Quan l'ombra s'aproximà, veié que era una xicota jove amb un càntir d'aigua i ell se li va atansar amb molta cura, molt lentament, per no esglaiar-la. Quan la va tenir a prop, va poder veure que era molt bella i que tenia una pell molt neta i molt blanca i que duia solts els seus llargs cabells negres i ondulants, i que cobria els seu coll amb un mocador de seda. Ell va eixir de la penombra i ella va fer un crit d'espant, va deixar caure el càntir i se'n va voler fugir. Però ell va estirar l'urpa i la va abastar i ella va caure a terra desmaiada. Després, va arrossegar el seu cos fins a un altar de pedra, sota una parra, i la va mirar i va contemplar el seu rostre innocent i pàl·lid. Li va llevar el mocador i va descobrir el seu coll virginal encara trèmul. I li va clavar els ullals en la pell suau i va sentir brollar la seua tèbia sang. Va ser llavors quan la xicota va obrir els ulls, que eren blaus i en calma, com un llac.

PART SEGONA
LA LLAVOR DEL MAL

I

Un crit d'espant recorregué el mas aquell condemnat matí, quan l'Antònia, que havia anat a despertar la criada més jove de la casa, l'única amiga de la jove ama, va trobar la seua cambra desordenada i el llit desfet i buit. Un mal presagi alarmà sobtadament tots els treballadors, que eixiren en avalot al carrer a buscar algun indici de la jove.

No van haver de córrer molt. En fer la volta a la casa, descobriren el seu cos inert sobre el banc de pedra del jardí, sota l'espessa parra, que reverdia amb les primeres llums de l'alba. Una escletxa de sang s'obria en el coll de la jove.

Maria dormia profundament i no va saber res fins que l'Antònia entrà a la seua cambra, silenciosament. Va seure als peus del llit de la xica i la va voler despertar, cridant-la amb un filet de veu.

La jove ama no volia obrir els ulls. En el fons dels seus somnis surava encara la dolçor de l'amor consumat.

—L'estranger... —començà l'Antònia.

Maria obrí els ulls, sorpresa. Per un moment sospità que l'Antònia havia descobert el seu secret i estava a punt de precipitar-se en un munt d'explicacions quan...

—L'estranger ha matat la Rosa —va concloure la criada, amb un deix de tristor intensa en la veu.

Un corrent fred recorregué l'espinada de Maria vers la seua ment i es desmaià amb un espasme. La vella Antònia sostingué el cap de Maria i intentà reanimar-la. Li apartà els cabells de la nuca i li passà la punta d'un mocador mullat amb l'aigua escassa d'un pitxer de vidre.

El vell Macià entrà a la casa, apartant violentament la persiana de fusta. Després, es dirigí a la cambra de l'entrada i la regirà de dalt a baix, buscava algun indici d'aquell estranger en qui havia depositat tota la seua confiança. El llit era desfet i l'oli del gresol s'havia escampat per la tauleta de nit. Corregué les cortines i obrí la finestra de bat a bat. Sota el llit va veure una ampolla buida i va trobar dues monedes d'or. L'armilla de l'estranger penjava encara de la perxa. Se n'havia anat precipitadament i això confirmava totes les sospites del criats, que l'apuntaven com a autor d'aquell monstruós crim des del primer moment.

Va agafar l'armilla de la perxa i va començar a esquinçar-la amb les mans boig de còlera, quan va notar quelcom dins d'una petita butxaca interior. Va introduir dos dits i va traure l'objecte amb cura. Era una medalla de plom, quadrada, amb una estranya creu en una cara i, en l'altra, alguna cosa escrita en un alfabet que no podia entendre.

Les dues monedes i aquella estranya medalla li produïen nosa, però cregué convenient guardar-les. Va eixir al carrer i manà als criats que encengueren una foguera i cremaren els mobles i cadascun dels objectes d'aquella cambra que ara li resultava tan sinistra.

Cridà a part el Jaume, el jove que feia de cap de colla, i li demanà que agafara un cavall, que anara a corre-cuita al port de Sant Roc i que contara el que havia ocorregut als guàrdies del port per veure si encara podien aturar el vaixell d'aquell maleït estranger.

* * *

Els jornalers prepararen una tarima en una cambra amb porta exterior i van vetlar el cadàver de la malaurada Rosa, en l'espera que l'autoritat acudira al mas per donar fe d'aquell brutal crim. El rector del poble veí acudí poc després del fet i passava les hores resant, escampant núvols d'encens sobre el cadàver i beneint amb aigua sagrada la cambra de l'estranger i cada racó del mas. L'únic parent de la xicota, el seu pare encara jove, havia arribat caminant i, des de llavors, no es mogué del seu costat, sense gana de dormir ni de menjar, sense deixar de mirar-la, com esperant veure en el seu rostre seré algun signe de vida.

A migjorn del segon dia, un carruatge es distingí en els límits del mas. Mentrestant, un home a cavall arribava a galop a la plaça. Era el jove Jaume. Desmuntà del cavall i corregué cap a la porta de la casa. El vell Macià eixia en aquell mateix moment, atret pel soroll dels cascos del cavall sobre el pedrís de la plaça.

—Han agafat l'estranger, en Macià —cridava excitat—. És pres al castell de Sant Roc en l'espera de judici. L'he vist abocar-se a les reixes i jo l'he maleït i he blasmat la seua mala raça. Guaiteu, guaiteu, per allí arriba l'autoritat!

Dos homes pulcrament vestits hi arribaven amb el carruatge, conduït per un guàrdia uniformat. Era el jutge de Sant Roc i un metge.

—Lamentem el que ha ocorregut, senyor, però el criminal ha confessat i no escaparà de la forca —digué el jutge, un home gras, de mitjana edat, d'aparença fatigada, mentre amb un mocador molt blanc es torcava el front i les mans suades.

—On és la infortunada? —preguntà el metge.

En Macià li ho indicà amb un moviment de cap. El metge es dirigí a la cambra i féu eixir a tots per fer una vista ocular del cadàver.

Mentrestant, el jutge acompanyà l'amo del mas a l'interior de la casa per contar-li els detalls de la detenció i la confessió de l'arrestat. Van seure a la cuina tots sols, després de tancar la porta. En Macià li serví al jutge un got de vi fresc.

—Li he dat alberg al diable! —es lamentava el vell amo.

—Com ho havia de saber vosté? —el tranquil·litzà el jutge. Després, inicià el seu relat. Li contà que quan Jaume, el cap de colla del mas, donà l'avís a la guàrdia, el vaixell d'en Nordahl Skram ja estava a punt de salpar, però, per sort, aquell matí el vent no movia ni un pèl. En un principi els mariners van oferir molta resistència i els guàrdies van fer tirs a l'aire en senyal d'avís. De sobte, aparegué en Nordahl sobre el pont de comandament i hi va posar calma. Digué que era a ell a qui buscaven, que els mariners no devien res i s'entregà mansament.

—Cavallers! —va irrompre el metge. Una

notable preocupació abatia el seu rostre jove. Era ros, de cabells escassos. A pesar de la calor, exhibia una pulcritud amanerada. Va seure amb els dos homes a taula i ell mateix se serví un got de la botella encetada. Després d'aclarir-se la gola amb un primer glop, comentà:

—Ha mort per una profunda ferida al coll, sembla el mos d'una fera, s'hi veuen clarament les marques molt profundes de quatre claus molt llargs. No hi ha més signes de violència, només als peus es veuen unes malures, produïdes, al meu parer, per haver corregut descalça.

—Com pot ser? —saltà el jutge—. Tenim la declaració jurada d'aquell pertorbat estranger.

—Dubte —prosseguí el metge— que cap humà puga mossegar amb tanta violència.

Callaren un moment tots tres i aquell silenci esdevingué un pacte.

—Què importa ara com l'haja morta, si l'estranger ha confessat el crim —va dir en Macià, i s'alçà de taula precipitadament.

Quan el vell Macià isqué al carrer, l'esperaven criats i jornalers àvids de notícies.

—S'han confirmat les vostres sospites —els digué, i, per posar calma, va voler satisfer la perversa curiositat de tots—: aquell boig criminal abusà de la xiqueta fins a matar-la.

II

Les desgràcies sempre vénen acompanyades. Després del soterrament de la pobra Rosa, una major insensatesa s'havia apoderat del mas. Tots esperaven neguitosos el dia del judici i tots volien baixar a Sant Roc a veure penjat en Nordahl. En Macià feia esforços per aquietar aquell deliri, perquè tornara la normalitat i es reprengueren les tasques del camp.

La seua filla, Maria, no eixia de la seua cambra, malalta d'una febre tan alta que desvariava. L'Antònia, la vella criada que s'encarregava de la casa, passava el dia resant i plorant en qualsevol racó, sense atendre les seues obligacions. Els jornalers no se centraven en la feina i el raïm es podria als cups del celler o es marcia als ceps. El vell ja es veia perduda la collita.

«Potser si baixe a Sant Roc podré posar pau en aquesta casa meua», pensà.

Preparà tot seguit un petit equipatge i es féu acompanyar en la seua tartana per Lluïset, aquell criat tan poca cosa que s'aturava de no res i que, des de la mort de la Rosa, no feia més que vagarejar per casa esporuguit i ple d'ànsia. En Macià va ordenar al cap de colla que aquell mateix matí reprengueren les tasques del camp i que salvaren el que pogueren de la collita, si no volien passar gana tot l'hivern.

Eren a punt de partir quan el vell Macià recordà les dues monedes i la medalla d'en Nordahl. Entrà al mas i les va buscar a la seua cambra.

«Jas, ací tens el que vas oblidar a casa meua», pensà en Macià que diria a en Nordahl quan estiguera al peu de la forca, i li ho reballaria als seus peus en senyal de menyspreu. Els diners del tracte que no es va concloure, preferia ignorar-los.

«Un tracte és un tracte, els tonells són seus, que passe quan vulga i els arreplegue», va pensar amb un somriure maliciós entre dents.

Però, que dolents són els pactes amb el diable! El vell Macià no podia sospitar que, si els dies d'aquell estranger estaven comptats, les seues desgràcies no feien més que besllumar-se.

III

Arribaren l'amo i el criat a aquell bell i lluminós poble de Sant Roc. Enfilaren el carrer major i es desviaren pel port vers la caserna dels guàrdies. Passaren entre el tràfec de carros i comptaren els vaixells amarrats. Una enorme nau de càrrega de color fosc estava ancorada en un dic apartat. Uns mariners rossos traginaven pels seus pals repassant el velam i dos més penjaven a estribord repintant el nom del vaixell. S'hi llegia en grans lletres d'or el nom *Mar*. Hi passaren de pressa, menats per un estrany temor. Quan el van sobrepassar, giraren la vista enrere. Ara apareixia davant dels seus ulls espantats el nom complet: *MARIA*.

—Malament, malament estan posant-se les coses —digué enfurit en Macià, qui reconegué de sobte, com qui percep una anunciada derrota, que aquell nom pertanyia a la seua filla, a cap altra Maria, si aquell era, com estava segur, el vaixell d'en Nordahl. Dalt del penya-segat, el castell imposava el seu impressionant bastiment.

Arribaren a la caserna dels guàrdies i preguntaren pel comandant. Un guàrdia els conduí a un ampli despatx, pels finestrals del qual es dominava el port de cap a cap.

—El judici ja és clos i s'espera la pitjor sentència —els va anunciar amb solemnitat el comandant, que els rebé assegut al seu escriptori, movent entre els dits una llarga ploma d'escriure.

—S'ha sabut com la va matar? —preguntà atemorit Lluïset.

—El pres va confirmar que havia estat ell, però no va voler donar detalls, s'excusava amb una estranya follia —continuà dient el comandant—. Va dir que havia estat ell i va demanar que caiguera sobre ell tot el pes de la llei.

Després, va callar un moment i va mirar fixament en Macià.

—En acabar la seua confessió —continuà el comandant amb veu lassa—, li va pregar dos favors al jutge: l'un era que diguera al seu capità que, després de la seua mort, el vaixell seria seu, amb la condició que el nom *Skram* que lluïa, fóra esborrat i que s'hi escriguera en lletres d'or el nom de *Maria,* que el seu desig últim era veure des del castell salpar la seua nau amb aquell nom que tant estimava. L'altra cosa que li va demanar era parlar amb vosté, en Macià.

—Amb mi? —saltà ple de ràbia el vell amo—. Que no m'ha fet prou mal aquest desgraciat? Què m'ha de dir a mi que jo ja no sàpia? Maleïda l'hora que el vaig rebre a casa!

IV

Van prendre posada a l'Hostal del Mar. Mentre Lluïset va anar a desaparellar la tartana, en Macià muntà a l'habitació assignada. Era una cambra bastant luxosa, tot i que les parets necessitaven una bona passada de calç. El matalàs era tou i la llana semblava ben repartida; finalment, els llençols feien olor de net. Li va semblar que aquell podia ser un lloc perfecte per a esperar el dia que pogueren veure penjat aquell criminal.

L'habitació tenia una gran balconada oberta al port. Va córrer les cortines i obrí els finestrons amb l'esperança que el vaixell d'en Nordahl quedara lluny de la seua mirada. Així era, un bosc de pals i veles impedien la vista d'aquella nau. Tanmateix, se li oferia davant d'ell una immillorable vista del castell i d'aquella finestra enreixada per la qual sospitava que s'abocava el seu únic presoner. Li va semblar veure quelcom bellugarse en el seu interior i, per un moment, tingué la certesa que algú el mirava.

Corregué les cortines i tornà a l'interior de

la cambra. Un neguit inconscient es va apoderar d'ell i anava d'un costat a l'altre de la cambra maldestrament. Fins i tot al recer d'aquelles grosses parets, pressentia la mirada d'en Nordahl.

«Maleït sigues, Nordahl Skram!», es deia. Si la mort de la Rosa li havia remogut les entranyes, la seguretat que la Maria d'en Nordahl era la seua pròpia filla el tenia tan enfurit que l'atarantava.

«No hi he d'anar —es repetia el vell Macià—; ni que em maten vull veure viva aquella mala bèstia. I per què em deu voler veure, per fer una partideta al subhastat?»

Trucaren a la porta i passà Lluïset.

—Amo, m'han dit que ja ha eixit la sentència. El penjaran despús-demà, tan prompte isca el sol, i es quedarà a la vista de tots tot el dia. Bé els vindrà a aquests mariners que van pel port buscant plets!

El vell Macià ni podia menjar ni podia romandre quiet al llit. Lluïset se'l mirava movent-se de part a part de la cambra, des de la manta que s'havia parat al terra, als peus del llit de l'amo, a manera de jaç improvisat.

—Ara vinc, amo —digué Lluïset i corregué escala avall. Tornà en un no res amb una ampolla del conyac del mas—. Mire, amo, què tenia sense saber-ho vosté en el caixó de la tartana.

El vell Macià féu un lleu somriure. Lluïset obrí l'ampolla i tragué dues copes de vidre fi d'un bufet de la cambra. Abans d'haver-se'n begut entre tots dos la meitat, Lluïset ja dormia. El vell Macià, que no era gens acostumat als excessos, esgotà la darrera gota de beguda sense aconseguir lligar el son. Pressentí que mai més dormiria tranquil si no anava a visitar aquell maleït presoner.

Esperà les primeres llums de l'alba mentre es vestia. Isqué de la cambra sense despertar el criat i es dirigí a peu vers l'imponent fortalesa. Pujà les llargues escales amb dificultat i, en arribar, cridà a través dels grossos barrots de la porta d'entrada.

—Sóc en Macià Puig, tinc permís del jutge i del comandament de la guàrdia per visitar el presoner —explicà el vell a un carceller.

—Passe, tinc ordres de conduir-lo jo mateix a la cel·la.

En Macià seguí el carceller pels frescos corredors oberts en la pedra del penya-segat.

—Allí dins, sembla un bon home —li digué el carceller—; de tota manera, és millor que li parle des de la porta.

* * *

En Macià s'abocà a la finestreta enreixada de la porta de la cel·la. En Nordahl, que no havia advertit l'arribada del vell, estava assegut en un banc de fusta sota el finestró exterior, recolzant el seu cap baix entre les mans. Els blens llargs dels seus cabells rossos li ocultaven el rostre. Duia la camisa blanca i el pantaló d'aquell mateix tern negre que li havia vist al mas. Estava descalç. Uns grillons li aferraven els turmells i el lligaven de la paret amb una curta i pesada cadena.

—Ací em tens —digué el vell amb veu tremolosa.

En Nordahl alçà el cap sense demostrar sorpresa. Els seus ulls d'un blau molt clar estaven enrogits i el seu rostre viril semblava ara descompost i molt fràgil.

—Què vols de mi? —li preguntà en Macià, desafiant.

L'estranger no va respondre. Novament va deixar reposar el seu cap entre les mans.

—Digues, a què m'has fet vindre?

—Sé que no tinc dret a res —va dir en Nordahl, finalment, sense alçar la mirada—. No tinc dret a suplicar-li el seu perdó, i el dels seus —va continuar. Després, mirà el vell Macià—. He obrat cruelment i ni la meua mort podrà esmenar el que he fet. Que l'infern siga el meu estatge durant tota l'eternitat! Ho meresc i li jure que així ho espere.

—I què si et perdonem? La Rosa és morta i res no li pot tornar la vida.

—Hauria de repartir els diners que li vaig pagar entre els seus parents, potser això els ajude a suportar el dolor.

—I... això és tot? —preguntà irat en Macià.

—No, no és tot —va dir en Nordahl—. Vaig deixar-me oblidat a casa seua una armilla. Dins d'una butxaca trobarà una medalla. Done-li-la a Maria de part meua. Que la duga sempre a prop del seu cor, la protegirà de mals en els quals els homes no poden pensar sense esgarrifar-se, sense que la por no els gele l'ànima.

—La meua filla... i tu? Temps ha tingut el diable en una nit de robar la vida d'una xica desvalguda... i furtar-me a mi el millor de la meua —digué en Macià ple de ràbia, tot i agafant-se fort als barrots de la finestreta de la cel·la—. La meua única filla! Prou té que és al llit des que li van comunicar la mort de la Rosa. Maleït sigues!

En Macià callà de sobte. Els seus llavis tremolaven d'excitació. Observà el rostre de l'estranger i va veure que un tel de llàgrimes li cobria els ulls.

I aquesta medalla de què em parles —continuà el vell—, de poc t'ha servit a tu. Mira't en quina situació et trobes.

—Mal vaig fer d'oblidar-la aquella nit —respongué en Nordahl amb la veu presa per l'emoció—. Uns altres pensaments m'ocupaven. El dimoni no dorm mai. És sempre a l'aguait, com una ombra darrere nostre, esperant que un moment de feblesa ens traïsca.

En Macià mirà el jove amb estranyesa, provant de comprendre el significat d'aquelles paraules.

—Així ho faré, si tu vols —digué en Macià, finalment, fent un gest decidit d'anar-se'n. Sentia un fred intens en els ossos i una molesta paüra l'angoixava.

—Macià! —el cridà en Nordahl. Va voler confessar-li l'amor que sentia per la seua filla. Qui, però, acceptaria ara el seu amor?

—Digues, Nordahl.

—Sols demane el vostre perdó. Crega'm, no vaig voler fer-ho.

V

—Dimoni d'en Nordahl, quin perdó li pot oferir ningú? I ara? Amb aquesta cara d'home bo i amb tan bones paraules. Déu ens empare dels homes bons; dels dolents, jo ja me'n guarde —deia en Macià al seu criat mentre aquest li parava taula a la cambra de l'hostal.

—No em perdria veure'l penjat per res del món —li va replicar Lluïset, qui ja tenia previst contar aquest extraordinari esdeveniment a tots els del mas tan prompte com hi arribaren. S'explaiaria amb tants detalls que faria les xicotes cridar de pànic. De segur que a partir d'ara causaria més respecte i el tindrien més en compte.

—He pensat que hauríem de partir aquesta mateixa vesprada —va dir en Macià sense alçar la vista d'un plat de peix que li havia servit el criat.

—Amo, i l'execució? —va saltar Lluïset.

—Anirà endavant encara que no hi estiguem nosaltres. No podria suportar la mirada d'en Nordahl sobre mi quan la seua vida estiga extingint-se en la corda. Déu em guarde! No sóc cap valent, Lluïset.

En Macià introduí la mà en la butxaca de la seua casaca i va sentir el fred i fastigós metall de la medalla, tragué immediatament la mà i es buscà en una altra butxaca les dues monedes d'or.

—Pren, Lluïset, fes arribar aquestes dues monedes al pare de la Rosa —va dir en Macià—. Ara ja res més hi podem fer.

En Macià va seguir menjant sense gana, però va beure abundantment.

«Els diners pagats per en Nordahl són meus —pensava el vell—, i amb els tonells de conyac que ningú reclamarà, encara podré fer un millor tracte.»

VI

Amo i criat arribaren al mas passada la mitja nit.

—Aquestes són les últimes hores del criminal, Antònia! —va cridar Lluïset a penes aturava la tartana a la plaça del mas. Tanmateix les seues animades paraules no tingueren cap ressò en la vella criada.

—Amo! —digué finalment l'Antònia—, la Maria és molt malalta. La febre la té consumida, la pobra.

El vell Macià saltà de la tartana i corregué a la cambra de la seua filla, esperitat.

—Mare de Déu! —exclamà el vell Macià en veure l'estat de la seua filla. El seu rostre semblava de cera, cobert per una densa i freda suor per la qual pareixia que se li escapava la vida. Tenia els ulls tancats i els seus llavis lívids tremolaven en un esforç per articular uns sons inintel·ligibles.

—Hauríem d'avisar el capellà, amo —digué l'Antònia.

—El capellà? Que s'ha de morir la meua filla?

—respongué irat el vell Macià—. Eixiu i deixeu-me sol amb ella.

Quina cosa més podia passar-li al vell Macià? No, no estava disposat a consentir que Déu ni ningú li prenguera la filla. Novament el neguit el tenia pres i el seu cor bategava amb tanta força que el pit semblava a punt d'esclatar-li.

Va seure al costat de Maria i la vetlà tres nits seguides, encomanant-se a Déu i a tots els sants, vigilant amb desesperació el menor gest de la seua filla. Quins estranys turments semblaven tenir-la posseïda! Si durant el dia la veia descansar com d'una llarga fatiga, en pondre's el sol, el seu cos començava a agitar-se i dels seus llavis s'escapaven uns xiscles estranys, com crits paorosos que semblaven provenir de les llunyanes i tenebroses terres de la irrealitat.

Aquella tercera nit, l'estat de la jove esverava el vell Macià. El seu cos enfebrat començà a tremolar i, de manera intermitent, unes convulsions sobtades alertaven l'atenció cada vegada més vençuda del vell.

En la ment de Maria un malson, un deliri, un desvari premonitori es revelà aquella nit, de sobte...

... La dona del seu somni obsessiu camina pel bosc com un espectre somnàmbul. És una nit calorosa, d'una humitat espessa i tempestuosa. Fuig d'alguna cosa i mira cap enrere constantment. Al seu rostre fatigat es dibuixa un terror opressiu. Maria reconeix d'improvís, amb una claredat devastadora, que és el seu propi rostre. Es veu lluitar contra el vent, sense a penes forces. Rendida per l'esforç, s'atura en una clariana. Sobre un jaç d'herba tendra, als peus d'un rocall, ha deixat caure el seu cos escanyolit i exhaust. Sent que el seu ventre unflat palpita. Després, un tro infernal rebenta al bell mig dels núvols. Un llamp sec cau a prop i esquinça el tronc d'un om centenari. Té molta por i s'espanta, però no gosa moure's. Ja les forces sembla que han abandonat el seu cos. Sent un desmai i entre les seues cames veu nàixer una criatura menuda, un ésser estrany, cobert d'un pelatge obscur. Les seues mans eleven la criatura. Ofereix el seu pit nu i ple de llet a aquella cosa singular. El musell de la bèstia és humit i nota que la seua llengua és aspra. El ulls menuts de l'ésser estan tancats encara, com apagats a la nova vida. En un moment, però, la criatura eleva les parpelles i ella li mira amb un temor incert els ulls encara tèrbols. Malgrat això, veu que són blaus i que tenen una mirada molt freda.

Reconeix, de sobte, la mirada de l'estranger i sap que el terror de què fuig l'ha pressa ja, que no pot escapar, perquè és ara entre les seues pròpies mans. Com un bram tenebrós, que travessa somni i realitat, Maria deixa escapar un crit d'espant...

VII

Un crit paorós despertà el vell Macià, qui, sols per un instant, havia sigut vençut per la son. Mirà esglaiat la seua filla, pressentint a contracor, amb una angoixa opressiva, potser, el moment fatal. Instintivament, s'agenollà als peus del llit en un gest d'humilitat. Pensà, finalment, sense saber bé per què, en aquell objecte de plom d'en Nordahl.

Va córrer a la seua cambra i va regirar, en la seua maleta encara intacta, l'equipatge. Finalment, va trobar la medalla. Amb una forta aprensió la sostingué entre les mans. Dubtà un moment, però veié que no tenia altra eixida que confiar en les paraules d'en Nordahl. Tornà al costat de la seua filla, va unir les seues mans i depositià aquell objecte entre els seus dits gelats.

A trenc d'alba, com un miracle, el cos de Maria semblava reposar i, amb les primeres llums del nou dia, el vell Macià va besllumar una fissura entre les parpelles caigudes de la seua filla. A poc a poc, notà que els seus ulls s'obrien i cridà fort la criada.

—Antònia!, Antònia!, la Maria...

* * *

En poques setmanes Maria semblava recuperada. Menjava amb molta gana i prompte les seues cames estigueren tan fortes que li permeteren alçar-se, primer a estones curtes, i, en pocs dies, va poder abandonar la cambra i sortir, coberta per una manta, a la plaça del mas per prendre una miqueta d'aire pur i fruir dels rajos escassos del sol somort d'aquell hivern imminent.

El passat fou cobert per un pacte de silenci, i davant de Maria ningú digué una paraula de la sort d'en Nordahl.

—Va fugir mar endins —li digué son pare—. Mai tornarà per ací si sap el que li espera.

Maria abaixà la mirada i no va dir res.

Van passar els dies i, tot i que l'hereva del mas mai recuperà l'alegria, la seua salut semblava totalment fora de perill.

En Macià, per evitar haver de donar a la seua filla més d'una explicació compromesa, entrà a la seua cambra i li va robar aquella medalleta que pressentia que l'havia tornada a la vida. Maria, acostumada des de la malaltia a tenir la seua tauleta de nit plena d'estampes i d'imatges sagrades, no notà mai la seua absència.

—Prompte arribarà la primavera i la terra del meu llinatge em donarà les primeres collites —pensà en Macià, repassant, des de la finestra de la seua cambra, les fites de la seua propietat. Les nuvolades de l'hivern semblaven aclarir-se i el vell desitjava amb totes les forces que una immensa pau acompanyara la fi dels seus dies.

—El temps —pensà— cura totes les ferides.

VIII

Sí, va arribar la primavera, però la llavor del diable havia fet arrels en l'estirp del vell Macià. Ell, que es mirava Maria recuperada i s'omplia de joia de veure com engreixava i els seus pits s'omplien de vida... Maleïda l'hora que l'Antònia li comunicà que la seua filla estava prenyada!

Va voler morir-se i un odi intens va començar a sentir per la seua pròpia filla i pel ventre en què havia fet llit la llavor d'aquell criminal. El vell es va cloure en la seua cambra i, des de la finestra entreoberta, la mirava passejar per la plaça del mas o pels camins de l'heretat amb aquell parar que se li havia quedat de guillada, com una ombra de mal averany.

Fou tan fort aquell colp que al vell Macià li va fer perdre l'interés per les terres, per la casa, per la seua pròpia existència.

Un bon dia aparegué Lluïset, atemorit, al llindar de la porta de la seua cambra.

—Amo, s'ha fet malbé el conyac vell —digué a en Macià, que mirava per la finestra amb un parar ensopit— i també dotze barrils del jove —prosseguí el criat— s'han picat i la beguda ha pres un color molt fosc, com de sang.

Lluïset esperà en va alguna instrucció de l'amo.

—Amo, el conyac... —insistí Lluïset.

De sobte, en Macià es girà vers el seu criat i, sense mirar-lo, alçà els muscles. El seu món s'enderrocava i ja res no ho podria aturar.

* * *

Va arribar, però, el jorn en què havia de nàixer l'hereu. Si bé havia seguit l'evolució de l'embaràs de la seua filla amb desinterés, els estranys esdeveniments de què fou testimoni aquell dia, acabaren per despertar en ell una molesta inquietud.

No obstant això, llustrejava el que semblava un tranquil matí de treball al mas. El van despertar els cants dels segadors i, en abocar-se al balcó, tingué la sensació que, molt a pesar seu, la vida continuava. Als camps, el blat daurat es vinclava mansament amb el tall de les corbelles i els segadors deixaven darrere seu, perfectament traçats, els camins del seu treball. Arran de terra, l'aire a penes es movia. Al cel, però, els núvols passaven a una velocitat inusual.

Després, arribà un ple migjorn asfixiant. El vell Macià havia deixat les finestres de la cambra obertes de bat a bat per poder suportar aquella opressió que li impedia respirar. D'improvís, va olorar, tènuement, un fum d'herba seca i, tot seguit, va percebre un xerric de foc molt pròxim. Va tornar al balcó i va poder veure com s'elevava un núvol fosc al mig dels camps de blat. Observà com creixia la columna de fum i va poder apreciar, esbalaït, com prenia formes capritxoses. Cregué distingir, primer, una figura humana i, després, va veure com s'ajupia i adoptava una aparença grotesca. A sota de la nuvolada obscura, veié aproximar-se a corre-cuita dos segadors. Abans que hi arribaren, però, el cel es tancà sobre el cremat i, en un moment, començà a ploure intensament unes gotes molt grosses. La pluja apagà el foc ràpidament i el fum s'esvaí d'improvís, de manera singular.

El vell tornà a l'interior de la cambra i esperà gitat l'arribada de la nit. Les sobtades transformacions del cel projectaven en les parets de la cambra claredats i ombres canviants.

A mesura que arribava la nit, la proximitat del naixement del seu nét s'evidencià. Dels corredors del mas li arribà la remor de passos ràpids i va percebre amb claredat el tràfec d'atuells que acompanya aquells esdeveniments.

En poc de temps, es clogué una nit tempestuosa i humida. El fort vent batia violentament les finestres de la cambra del vell i en Macià es va alçar del llit per assegurar els panys. Llavors, acompanyat d'una claredat esfereïdora, caigué un llamp al bell mig de la plaça i socarrimà aquell arbre que era tan vell com el llinatge d'en Macià, aquell om centenari que havia presidit la vida del mas des del primer dia. Després, cridaren a la seua porta i va sentir la veu esporuguida de Lluïset: «Amo, ja ha nascut l'hereu».

Quins estranys esdeveniments perseguien la seua casa des de l'arribada de l'estranger! Quines noves amenaces auguraven aquell naixement! Encengué un gresol i va buscar la medalla d'en Nordahl en un calaix del seu escriptori. Novament, la sostingué entre les mans i intentà en va desxifrar aquells signes estranys. Dubtà, per un moment, si aquell objecte que havia considerat protector, no fóra més que l'instrument amb què les obscures forces de l'infern se li mostraven. Va pensar a desfer-se de la medalla, però només el fet d'imaginar-ho, el va fer sentir desemparat.

IX

Ben cert que Maria havia sanat d'aquella estranya malaltia, que la va postrar al llit des de la mort de la seua única amiga. Tanmateix, el somni que la va posseir aquelles nits, tindria la seua ment captiva tota la vida.

Va voler pensar Maria que les hores passades amb en Nordahl les havia somniades i que res la lligava a aquell ésser menut i brut que l'Antònia, acabat de nàixer, li havia fet agafar entre les mans. Una estranya i profunda repulsió sentia per aquell nen i va manar immediatament a la criada que l'apartara de la seua vista de seguida, que buscara nodrissa pels pobles dels voltants.

No es podia acostumar a la presència del nen i semblava que li feia nosa veure'l fer-se gran, corrent i saltant com un animalet salvatge per les terres que serien seues algun dia. Quan alguna vegada el nen se li atansava amb aquella cara llastimosa, no podia aguantar la seua mirada, ni podia resistir el tacte de les seues manetes aferrades a la seua cama. No podia suportar que li diguera «mare» aquell que duia escrit als ulls allò que considerava el motiu dels seus mals. Li feia tant de fàstic encreuar-se amb el seu propi fill que va ordenar que li prepararen una cambra a la pallissa, dalt de la quadra, a les estances ja mig deshabitades dels jornalers.

* * *

Tampoc al vell Macià li feia gràcia aquell nen. Era veritat que no era massa alt i tenia la pell bruna com els de la seua casa, però no podia ni mirar aquells ulls d'un blau molt clar que havia heretat de son pare.

—Què més deu haver tret d'aquell criminal? —es deia constantment—. Quantes coses em queden per veure encara?

Un matí l'Antònia va trucar a la seua porta.

—En Macià, la Maria ha fugit amb el Jaume, m'ho ha dit Lluïset, que els ha vistos marxar de nit a la gropa d'un cavall.

—No em fa res que se'n vaja, si s'endú també el fill —va dir irat.

—El nen, Tomeu, no sap res. Encara deu dormir a la pallissa com un angelet, la criatura.

—Deixeu-lo que dorma —digué el vell—, jo mateix aniré més tard a despertar-lo.

Arribat el migdia, l'Antònia tornà a la cambra del vell amb una safata amb el seu dinar.

—Amo, el nen encara no ha baixat de la pallissa, hauria de muntar i fer-lo alçar.

—Dimoni de xiquet! —digué en Macià—; a partir d'avui se li ha acabat la bona vida. Demà mateix acompanyarà els treballadors al camp. Que vaja aprenent a doblegar el llom!

En Macià s'acabà el dinar i una ampolla de vi abans d'eixir de la cambra. Una maligna venjança havia començat a tramar mentre bevia. Incapaç en el seu orgull de reconéixer els seus propis pecats, veié en aquell nen l'objecte en què descarregaria totes les seues desgràcies.

—Si aquesta heretat ha de ser seua algun dia —pensà—, se l'haurà de guanyar amb suor i sang.

Amb aquests pensaments isqué a la plaça, va entrar a la quadra i començà a pujar els graons de l'escala vers les estances de la pallissa. Des d'allí començà a cridar fora d'ell:

—Vés despertant, mala raça —cridava embogit—, els teus dies de festa ja s'han acabat. —Així va arribar al primer replanell.

—Vés despertant, bord, ací munta qui t'ha de fer la sang bona.

Travessà el corredor de les estances dels

jornalers. Arribà a la cambra del nen i trucà estrepitosament a la porta:

—Desperta't, fill del dimoni, tu has de pagar tots els pecats.

Ningú no va respondre als seus crits. Temé en Macià que el nen ja no hi estiguera, que haguera baixat per la corda de la corriola com l'havia vist fer més d'una vegada. Va empentar amb violència la porta i un grinyol forçat s'escampà per la cambra. Hi havia molt poca llum, a penes uns badallets de sol que s'obrien pas entre les teules mal posades i el canyís del sostre. La màrfega on dormia el seu nét era buida, però va sentir al fons com un gardeny llastimós. Féu unes poques passes, però la visió que se li oferia al davant el va fer tornar enrere, fins que va quedar oculta a la seua mirada.

—Déu meu!, què és això? —es digué atemorit.

A poc a poc, es carregà de valor i tornà a acostar-s'hi.

Era el seu nét, Tomeu, però li va semblar un... Aquell racó estava realment fosc i el vell hagué de fer un gran esforç per reconéixer la naturalesa d'aquell ésser. Tot en ell li semblà una deformació monstruosa. Les seues orelles li paregueren més grans i va creure descobrir, en la seua boca desfigurada, unes ullals prominents. Les mans, aberrants, eren com urpes i va veure la seua pell coberta d'un borrissó estrany. Però, aquells ulls d'un blau tan clar, que brillaven llastimosos en la foscor, eren els seus.

El nen li feia pànic, però semblava aterrit i tremolava. El primer pensament d'en Macià fou agafar la branca amb què sovint li barraven la porta i colpejar-lo fins a acabar amb la seua vida. I així ho estava disposat a fer. A poc a poc, se li acostà i va elevar el braç amenaçadorament. Però, aquell ésser no es va moure, com si estiguera disposat a acceptar el seu sacrifici.

—Estic boig, Déu meu! —exclamà el vell Macià.

Deixà caure la branca sobre la polsosa màrfega i se li va acostar. Després, allargà a poc a poc la mà, fins a guanyar la confiança de la criatura. Finalment, el va tocar i va poder acaronar el seu cap. Es va posar la mà a la butxaca i extragué la medalla de l'estranger. Va buscar una cordeta de cànem del sòl de la cambra i li la va lligar al coll.

—No et separes mai d'aquesta medalla —li digué—, tin-la sempre a prop del cor. —Després, l'agafà entre els seus braços i l'estrenyé contra el seu pit per donar-li calor.

* * *

Arribada l'hora de sopar, baixaren tots dos, avi i nét, vers la cuina, agafats fortament de la mà. L'Antònia s'alegrà de veure'ls. El nen corregué a abraçar-la, sanglotava i tenia els ulls plorosos, però irradiava una immensa felicitat. El vell Macià es mirava meravellat el seu nét i, mentre menjava, contemplà, com si ho fera per primera vegada, les seues manetes de nen agafant el pa i la seua pell bruna i neta, i les faccions del seu rostre menut i ben format, i aquells ulls d'un blau tan clar, que ara li semblaven fascinants. Del coll del nen penjava aquella estranya medalla.

PART TERCERA
TEMPS DE SOLITUD

I

L'època escolar del petit Tomeu fou excepcionalment curta. Tanmateix, la gent del poble, sobretot aquells nens que tingueren l'oportunitat de compartir aula amb ell, en conservaren sempre viva memòria...

Un gran enrenou es va organitzar a l'escola aquell dia d'octubre quan, per la porta, va aparéixer l'hereu del mas, aquell nen menut i bru, amb aquells ulls tan blaus, acompanyat de l'avi Macià.

—Xiquets —digué el mestre—, ací teniu un nou company. Es diu Bertomeu. Deixeu-li un lloc a l'aula i també als vostres jocs.

El vell s'acomiadà del mestre i el nen va passar titubejant entre les dues fileres de pupitres. El seu aspecte resultava, com a poc, sorprenent. Vestia una roba estrenada per a l'ocasió, però d'un gust bastant passat de moda: un pantaló llarg i abombat de vellut marró i una levita curta, a joc, de la mateixa tela. Hi destacava, però, un llaç excessiu de seda blava. Els seus cabells negres, molt grossos i rebels resultaven massa llargs per al gust de l'època i el tall massa visible de les tisores evidenciava una mà poc destra. Malgrat el seu parar esquerp, semblava torbat per la mirada expectant dels alumnes.

Finalment, Tomeu va trobar lloc al costat del grandot de Fabià, un xiquet molt desenrotllat, de cara redona i pell esglaiada, que lluïa ja una ombra untosa damunt dels llavis. La resta d'un total d'onze escolars els miraren amb un somriure de complicitat. Era veritat que l'un tan menut i pulcre, i l'altre tan gran i impolit formaven una estranya parella. D'altra banda, Fabià seia sempre sol perquè les seues bromes de mal gust eren difícils de suportar.

El nou alumne ignorà les mirades dels seus companys i observà un moment l'aula. No era molt gran, però tenia uns amplis finestrals, pels quals s'endevinava un tros de la serra. Podia Tomeu distingir la línia sinuosa del camí que menava a sa casa i això el tranquil·litzava.

El mestre era un home vell, de cabells escassos i nas prominent. Era alt, molt prim i de carregades espatles. Al nou alumne li semblà una bona persona i va comprovar que s'explicava amb una veu molt dolça i amable.

Al petit Tomeu li agradava aquell lloc i es va posar prompte a la feina. Tragué un quadern i un llapis i parava molta atenció a les explicacions del mestre. De tant en tant, mirava les taules dels costats, i observava els seus companys a la fi enfeinats. Poques ocasions havia tingut fins aleshores d'estar tan a prop de gent de la seua edat i l'oportunitat de fer algun amic l'omplia d'ànims i d'una agradable inquietud. Després, vigilava els seus treballs i s'aplicava sobre la llibreta amb un parar capficat.

—Ha, ha! —va riure de sobte el grandot de Fabià—, no sap escriure.

El mestre va posar calma de seguida i es va acostar on estava Tomeu. Era veritat, no sabia escriure. Havia passat gairebé dues hores fent ratlles ondulants entre les línies paral·leles del quadern. Per sort, era l'hora d'esmorzar i el mestre va enviar els seus deixebles al pati.

—Com havies de saber, si ningú no t'ha ensenyat —li va dir el mestre mentre eixien els altres—. Vés i esmorza i ja en parlarem.

Tomeu va abocar-se a un pati ample i polsós. Lluïa un sol esmorteït de tardor. Li va semblar que totes les mirades convergien en ell. No sabia cap on anar. Mirà a l'un costat i a l'altre. Finalment, va decidir seure al brancal de la porta. Després els nens començaren a córrer pel pati, acaçant-se i fent com que ignoraven la presència d'aquell nou company. Fabià estava sol, menjava amb avidesa un gran tros de pa a l'ombra ja minsa d'una noguera vella.

Tomeu va passar així una llarga estona. Després, es va aixecar i va caminar lentament vers on estava Fabià. Es va recolzar a la part oposada del tronc de la noguera on era aquell que li havia fet burla. Estigué quiet un altre instant i després se li va atansar.

—Has fet malament de riure't de mi —li digué al grandot de Fabià, que se'l va mirar amb sorpresa, a punt d'esclatar novament a riure.

—Mal faràs si no em deixes en pau —va insistir, mirant-lo fixament. Fou aleshores quan Fabià va parar esment en els seus ulls i va sentir, d'improvís, molta por i moltes ganes de córrer. Tanmateix, va saber dissimular i se'n va anar, a poc a poc, del lloc que sempre ocupava, amb el cap cot, amb aquelles camallades curtes i pesades.

Només el Gerard va observar aquella escena i va notar la por de Fabià. Es va quedar intrigat.

«No és cap babau aquest Tomeu», pensà, i va decidir que podia ser un bon company.

* * *

El vell Macià havia instal·lat el seu nét al poble, a casa d'una germana de l'Antònia, tan bona dona com la seua germana, però amb aquell mateix parar, d'entrada, un poc pudent. No podia fer en Macià una altra cosa, si volia que el nen aprenguera les quatre regles per poder tirar endavant l'heretat i, de passada, fer relació amb nens de la seua edat. Temia, però, les xafarderies dels veïns que pogueren arribar a l'oïda del seu nét i li feia fàstic haver-se de privar de la companyia que ara tant necessitava.

Prompte Tomeu i Gerard feren una bona amistat. Devia tenir Gerard la mateixa edat que Tomeu, però era bastant més alt. Tenia els cabells molt arrissats i foscos, uns ulls marrons i grans, i una mirada franca. Per altra part, la seua veu greu i les seues reflexions plenes de seny solien sorprendre els qui no el coneixien.

Gerard guardava sempre lloc al seu costat al nét d'en Macià i seguia al peu de la lletra les instruccions del mestre, que li havia manat que ajudara Tomeu en els exercicis. Li agradava aquell treball. Tomeu li semblà un bon deixeble i acabà prenent estima a aquell ésser tan reservat. Al pati, estaven sempre junts, asseguts en alguna branca alta de la vella noguera.

Tanmateix, al grandot de Fabià no li feia gràcia aquell intrús, que l'havia apartat del seu lloc i que podia posar en evidència la seua covardia en qualsevol moment. Un bon dia va fer rogle al pati amb uns secrets que ningú coneixia. Tomeu i Gerard guaitaven intrigats el moviment des del seu lloc de vigilància. Un moment després, tots dos van notar que miraven vers on eren ells.

—És el fill de l'estranger que van penjar a Sant Roc —repetiren uns escridassant.

—Sa mare se'n va anar de casa —repetiren els altres.

Tomeu va saber de seguida que es referien a ell. Si bé desconeixia la sort de son pare, recordava amb una dolorosa claredat el dia que sa mare el va abandonar.

—Què diuen aquests rucs, Tomeu? —li va preguntar ignorant Gerard.

—No res, ara veuràs —li va respondre. I va saltar des de l'alta branca i en un no-res va estar al bell mig del grup. A tots els va semblar que no tenien prou cames per córrer i desferen el cercle immediatament. El Fabià tirà vers l'escola amb aquelles pesades camallades, però de seguida va tenir al seu coll Tomeu, que el tirà a terra i començà a pegar-li amb el puny a la seua cara botinflada i al seu cap grandot, i a estirar-li els cabells i a mossegar-li les orelles amb molta ràbia.

Ja va tindre sort Fabià que Gerard avisara el mestre i que aquest isquera immediatament i parara les mans a aquell petit salvatge. Quan el mestre va alçar Tomeu en alt, Gerard va veure que el seu amic tenia els ulls plens de llàgrimes i que el seu cos tremolava a causa d'una excitació molt gran.

Fabià jeia a terra. Un fil de sang li corria des del nas, es cobria amb les dues mans l'orella dreta i plorava espantat.

* * *

Aquell va ser el darrer dia d'escola de Tomeu. Tanmateix, l'amistat de Tomeu i Gerard, lluny d'extingir-se, es féu encara més gran.

L'avi d'en Tomeu aparegué un diumenge de primavera per la casa de Gerard.

—Vinc a parlar amb el seu fill —digué el vell Macià a la mare de Gerard, que li barrava desconfiada la porta.

—No tinga por, només volia veure si el seu xiquet podia ensenyar-li les quatre regles al meu nét —va insistir el vell Macià, que, a pesar dels anys, encara conservava aquell geni amb què des de sempre dirigia la seua coneguda hisenda—. No sé si sap que vaig traure el meu nét de l'escola.

Gerard era darrere de la seua mare sense gosar traure el cap. Era veritat que el vell Macià havia tret de l'escola el seu nét, però no fou per voluntat pròpia, sinó perquè el mestre així li ho va demanar. Aquella escena que Gerard va contemplar no es tractava d'una simple baralla, el petit Tomeu li havia arrancat a aquell grandot de Fabià un tros d'orella.

Finalment, Gerard va traure el cap de darrere del cos de sa mare. El vell Macià li féu un somriure un poc forçat i després van passar a la saleta.

—Podria muntar al mas un dissabte o dos al mes —digué el vell—. Pot quedar-s'hi a dormir. Diumenge de matí el meu nét podria acompanyar-lo a casa. Li pagaré bé, no tinga por, i el tractaré com un fill, li ho assegure. El meu nét me n'ha parlat molt bé.

La mare de Gerard s'ho va pensar llarga estona, encara recordava les històries que s'havien escampat sobre el mas. La fosca història d'aquell estranger... De la mare d'aquell nen, no s'havia sabut res des del dia que va pegar a fugir amb aquell Jaume, que era fill del poble.

—Ho podria fer —va dir Gerard—, només que si fa mal temps, no sé si podré pujar.

II

La primera vegada que Gerard va muntar al mas, el món li va caure als peus. Què era d'aquella heretat de què tant havia sentit a parlar? La major part dels camps eren erms i els tres edificis del mas semblaven a punt d'ensorrar-se.

—Com les rates que abandonen un vaixell que s'enfonsa, a poc a poc, ens hem quedat sols —va dir el vell Macià, mentre menava Gerard a la que seria la improvisada aula—. Fins i tot Lluïset ens ha deixat, ja estava molt vell, l'home, i els seus parents de Sant Roc van decidir que l'arreplegarien. Ja sabien bé el que es feien, estava ben folrat amb els diners que havia anat estalviant o qui sap si fotent-me d'amagat.

Tomeu era molt despert i tenia una inclinació molt especial pels comptes. De llegir, n'aprengué poc, però sabia escoltar i es quedava bocabadat amb les adornades lliçons d'història que Gerard li contava, i també repassant els mapes de tot el món que li duia emprats del mestre.

Gerard estava encantat amb el tracte amb el

vell Macià i amb l'Antònia, la vella criada, que a mitjan vesprada els omplia la taula d'estudi amb aquells pastissos que feia, i que batejava amb uns noms tan graciosos que els feia morir de tant de riure. «Avui vos he preparat uns moniatets abrigadets i un gotet de suquet de cabra.» Per altra part, també era cert que semblava que la vella criada, a causa dels anys, no sabera parlar d'una altra manera.

A poc a poc, Gerard els va agafar molta estima i, si el temps ho permetia, muntava més vegades de les convingudes. Sovint, ell i Tomeu s'oblidaven dels deures escolars i fugien a la serra a caçar. Gerard, que no era mal caçador, s'admirava de veure Tomeu fer saltar les peces, com si pressentira el lloc exacte on s'ajocaven, i les seguia sense cansar-se i disparava la seua escopeta de tan prop que quasi les hauria pogudes agafar amb la mà.

Poques coses va poder saber Gerard de la història d'aquella heretat per boca dels seus habitants. Tanmateix, va aconseguir traure-li a sa mare alguns detalls francament espantosos. Sovint, quan passava per alguna cambra buida, pensava: «Ací degueren trobar el cadàver de la xicota»; o: «Ací dormia aquell criminal». Eren, però, conjectures que, per esgarrifoses que foren, no eren res comparades amb el que algun dia se li havia de revelar.

* * *

El camí al mas acabà semblant-li curt a Gerard. Li agradava d'allò més aquell llarg passeig sobre el seu enorme cavall, sentir a sota seu el poder de les seues anques i el trepitjar segur dels cascos sobre el pedregós camí. Li agradava passar sota les alzines centenàries i escoltar els sons del profund bosc, ara el cant d'una cadernera, ara el crit estrident d'un falcó pelegrí. D'altra banda, l'inquietava comprovar com el poble, que de dins estant li semblava tan gran, anava esdevenint un punt blanc en la immensa vall. Quan era prop del cim, si el dia era clar, podia veure un trosset de mar.

Tanmateix, un dia va haver de fer aquell llarg trajecte a corre-cuita, esperonant fort el cavall pel costerut camí. Son pare havia agafat l'animal per treballar al camp i va tornar quan al rellotge de l'entrada de casa tocaven les deu del matí. Gerard arribà al mas passada l'hora de dinar.

El vell Macià l'esperava a la porta de la casa.

—Molt tard véns avui, Gerard, Tomeu pensava que ja no vindries. S'ha posat molt nerviós. Està gitat.

Gerard seguí el vell fins a la cambra de Tomeu. El va veure enfebrat, suant, amb la camisa oberta i va poder veure penjada del seu coll aquella estranya medalla. En sentir-lo entrar, Tomeu va obrir els ulls i li féu un somriure indulgent.

El vell Macià el va acompanyar a la porta, li va pagar i li va demanar que se n'anara, que l'esperava la setmana següent. Encara era a temps d'arribar de dia a casa.

Gerard va eixir estranyat al carrer i, quan es disposava a muntar al seu cavall, va sentir que el vell Macià cridava. Va acostar-se a la porta i va poder escoltar: «Dimoni de xiquet, com t'he de dir que no et lleves mai la medalla».

III

Els dies de mestre de Gerard acabaren alhora que ell, per l'edat, també acabà l'escola. Tanmateix, no es van acabar les seues visites al mas. Hi muntava sempre per la menor excusa; si no, era el mateix Tomeu qui preparava algun pla.

—He vist passar tudons, Gerard —li deia Tomeu, qui coneixia la gran afició del seu amic per la caça.

Tot i que Tomeu baixava algun diumenge al poble, llevat de la família de Gerard, no féu cap nova amistat. La funesta història de son pare i la fugida de sa mare eren un llast difícil de portar. D'altra banda, a partir d'aquell altercat amb el grandot de Fabià, la seua fama d'ésser feréstec havia crescut tant que, quan algun caçador es trobava sol amb ell per la serra, tornava al poble vanagloriant-se més d'haver pogut bescanviar unes paraules amb l'hereu del mas que no dels abundants fruits de la caça.

* * *

El temps, que no s'atura mai, obri camins sempre imprevistos. Gerard havia esdevingut, en plena joventut, una persona sense grans ambicions. El pare de Gerard havia mort i ell no estava disposat a seguir estudis fora del poble, si per això havia de separar-se de sa mare. Per altra part, les poques terres que havien mantingut son pare i la seua casa també podrien ben bé mantenir-lo a ell i, algun dia, la seua pròpia família.

Fou quan tots dos amics feien ja els divuit anys que les visites de Gerard començaren a ferse cada vegada més esporàdiques. Un dia li ho confessà:

—He conegut una xicota, Tomeu. Té uns ulls ben bonics i és ben trempada.

—Bé faràs si no la deixes escapar —li contestà Tomeu. Francament, se n'alegrava i li feia goig veure el seu amic tan content, encara que aquella relació podia fer clivellar la seua amistat.

La Mercé, la núvia de Gerard, era bonica de veritat. Ja feien plans per a les noces; hi viurien a casa de Gerard, amb la seua mare. Quan Tomeu baixava a casa del seu amic, se'ls veia sempre junts, fent projectes. Semblaven tan feliços! Tomeu mirava el seu amic fora d'ell, com surant en l'aire, i el sorprenia sovint amb la mirada perduda, emboirat per un munt de somnis.

Fou a partir d'aleshores que Tomeu començà a deixar-se veure pel poble, pensant de fer noves amistats i, per què no?, conéixer ell també la que algun dia podia convertir-se en l'ama del mas.

Aprofitava els diumenges per anar a l'església amb l'amorosida parella i feien una passejada pels carrers estrets i plens de llum. Aprengué Tomeu a sostenir la mirada a les persones amb què s'encreuava i provava de saludar amb cortesia els xics i les xiques, que sempre se'l miraven amb una mal dissimulada desconfiança.

—Espera que et coneguen i ja veuràs —l'animava constantment Gerard quan, en passar per davant d'alguna colla, escoltava les seues rialles.

Bé que es va fer cosir bons vestits per fer més agradós el seu aspecte; bé que aprengué a dominar el seu geni i que sempre resultava molt educat, tanmateix, els prejudicis vers la seua persona no els podia fer oblidar res. Si alguna vegada acompanyava Gerard a la taverna havia de suportar més d'una impertinència a les seus espatles, perquè, a la cara, ningú s'atreví mai a dir-ne cap.

Aquells dies, lluny d'esborrar per sempre la soledat que habitava el seu interior, l'acabaren per fer sentir, molt al seu pesar, un estrany entre els homes.

IV

Era diumenge quan l'hereu d'en Macià decidí no baixar més al poble. S'havia alçat del llit ben enjorn i es vestí amb molta atenció un tern sobri. Abans d'eixir al corredor, obrí la finestra de la seua cambra i s'entretingué mirant els voltants del mas. S'obria pas un matí humit i l'atmosfera era tèrbola i desdibuixada. Una esmerla, d'un negre lluent, creuà la plaça volant arran de terra i ganyolà un crit grotesc. Li va semblar, a Tomeu, que li feia burla. Tancà la finestra i isqué de la cambra. Davant d'un mirall de cos del corredor, s'aturà per repassar el seu aspecte. L'escassa llum del nou dia il·luminava vagament les seues faccions. Agafà una pinta banyada amb perfum, i provà de perfilar en els seus cabells rebels una ratlla perfecta. En aquell moment, va mirar fixament al fons dels seus ulls i va tenir una sensació desacostumada. Dubtà d'ell mateix, i la seua pròpia imatge, reflectida al mirall, el va inquietar. De sobte, es va sentir immers en un núvol incert, que el féu desconfiar de la seua pròpia existència, com si tota la seua vida no fóra més que un somni, al marge de totes les lleis que governen la realitat. Després, es va desbotonar un poc la camisa i el metall de l'estranya medalla aparegué davant d'ell, pertorbadorament.

Quan va poder apartar-se del mirall, tenia els ulls humits i va haver d'amagar el rostre de la mirada del seu avi, que eixia en aquell mateix moment de la seua cambra.

Acompanyà el vell Macià a la cuina i van seure a la taula disposats a desdejunar-se.

—Qui sóc, avi? —va preguntar Tomeu, d'improvís.

* * *

A pesar que no apartà ni un moment del seu pit l'enigmàtica medalla, el fill d'en Nordahl Skram passà un llarg període d'ofuscació malaltissa. Mai fins aquell diumenge s'havia el seu avi sincerat amb ell amb aquella tan dolorosa claredat. Durant set dies i set nits es va cloure en la seua cambra sense voler eixir. Les torbadores paraules que son pare digué a l'avi Macià al castell de Sant Roc es repetien constantment en la seua ment: «Que la duga sempre a prop del seu cor, el protegirà de mals en els quals els homes no poden pensar sense esgarrifar-se, sense que la por no els gele l'ànima». Tot i que el seu significat li resultava enigmàtic, pressentia que tard o d'hora acabaria revelant-se-li de manera tràgica. Una espantosa sensació de por al desconegut l'amenaçava, una horror a la follia que se sentia germinar a dintre seu, avivant-se com un verí en la seua pròpia sang.

El vell Macià, fart de veure l'estat en què Tomeu es trobava, va entrar de matí, inesperadament, a la seua cambra, apartà les cortines i el féu alçar del llit escridassant-lo.

—No oblides que dus la seua sang, però també la meua —digué el vell, i amb un gest de cap l'obligà a mirar per la finestra—. Aquest tros de món que t'envolta és teu, disposat perquè hi faces sempre la teua voluntat, no ho oblides mai.

V

—Quin erm el meu futur! —pensava en Tomeu, que es veia passar els dies sol al mas. Per altra part, l'Antònia havia mort i el seu avi era tan vell que tenia pànic de pensar en el dia que prenguera el camí de la criada.

El mas queia a trossos. Pensà que tenia raó l'avi, que ell pertanyia a aquell lloc i que aquell lloc li pertanyia, i que no se'n preocupava com estava obligat, que no feia res perquè aquella heretat que un dia rebria, tornara a ser com, per natural, li corresponia.

—Potser, si aquesta propietat torna a ser com fou abans —pensà—, podré buscar gent que omplirà les estances i jo els acompanyaré en els seus treballs i divertiments.

Tot seguit es posà a la feina amb renovada voluntat. Començà pels vinyals. Passà l'hivern preparant la terra i esporgant els ceps. Quan acabava un bancal mirava darrere seu i veia les llarguíssimes fileres de ceps nus i ja se'ls veia carregats de raïms dolcíssims.

—Prompte hauré d'anar buscant gent —es deia il·lusionat.

I així va ser. Va arribar la primavera i les branques mortes dels ceps s'ompliren de borrons i els borrons esdevingueren llargs sarments carregats de verd fullam i de raïms menuts com grans de mill, que creixien i creixien i prenien color i després aquell gust tan dolç que els donava el sol i la terra fèrtil i ben llaurada.

Amb les primeres setmanes de setembre el mas s'omplí amb la gent que havia contractat als pobles del voltant.

Li agradava treballar amb la colla, anar davant de tots en la feina i carregar-se les cistelles més plenes. Amb el pas dels dies, aprengué a seguir les bromes del homes i cregué dominar el complicat llenguatge de les dones.

—Aquesta podria ser una bona dona per a mi —es deia sovint, mentre mirava alguna xicota treballant entre els ceps.

Les nits de verema eren un pur delit. Quin goig seure amb la colla a la plaça davant de la foguera, escoltant contalles i cantant frívoles cançons! Quin plaer més gran poder parlar amb aquelles xicotes i sentir tan a prop els seus somriures perfumats!

* * *

Una nit, quan ja tots dormien, Tomeu feia un tomb pels voltants del mas. El cel era tancat, però bufava una brisa suau, carregada de totes les aromes de la terra. Una immensa felicitat sentia quan passava per les estances i les sabia plenes de gent.

En girar vers la plaça, va escoltar de lluny que algú cridava el seu nom amb veu quasi imperceptible. Primer es va quedar quiet, però de seguida s'aproximà al lloc d'on venia la veu. Veié una ombra a la porta de la quadra i s'hi acostà fins que va poder distingir el rostre d'aquella dona que l'havia cridat. Era una xica de la colla molt eixerida, amb uns cabells rossos molt fins; tenia una cara molt bonica i una mirada atrevida. Més d'una vegada recordava en Tomeu haver-la renyada, després d'haver-la sorpresa amagant-se de la feina.

Quan el tingué a prop, la xica li féu un somriure estrany i després el va mirar amb uns ulls molt brillants. Finalment, el va agafar de la mà i el va arrossegar a dins, sense resistència. La quadra era molt fosca i càlida; voluptuosa l'olor humida del farratge i dels cavalls.

VI

A poc a poc, anaven passant els dies de tardor. Els jornalers anaven acabant les seues tasques i el mas va anar quedant-se buit, novament.

Un matí el vell Macià s'abocà al balcó de la cambra, era molt enjorn i un vent suau i fresc pujava des del mar. El sol s'obria pas en l'horitzó tèrbol, il·luminant els dispersos núvols amb un color rosat. La pluja d'un breu ruixat nocturn havia fet ascendir a la màgica atmosfera totes les aromes de la terra fèrtil i aspra. Mirà els camps ben treballats. Els pàmpols tardorals havien pres un to daurat i lluïen sota el sol novell. No molt lluny distingí el seu nét dirigint animat un escàs grup d'homes. Li va semblar que la vida continuava i que la seua heretat començava a recobrar la normalitat. Va sentir en el seu interior la pau que tant de temps havia buscat. Entrà a la cambra sense tancar el finestral i es va deixar caure sobre el llit. Amb la mirada, va repassar els objectes que més estimava i va tancar els ulls plàcidament, per darrera vegada.

Acabada la jornada, com s'estava acostumant a fer, en Tomeu corregué a la cambra de l'avi per traure el compte dels litres de most que havien premsat aquell dia. Després, amb el càlcul dels guanys, li omplia el cap al vell amb nous projectes. Pujà els graons de pressa, fent crits per avisar-lo de la seua arribada.

Quan obrí la porta, l'ànim se li va exaltar de sobte i un dolor intens s'expandí en el seu interior. Es va acostar al llit. Va recolzar commogut el seu cap en el pit apagat del vell. En el silenci immens del pit del seu avi vessà un riu de llàgrimes. Va intuir que la mort era una nit fosca i va pressentir que un etern hivern de solitud avançava inexorable sobre ell.

VII

Quan Gerard tingué notícia de la mort del vell Macià, n'havia passat ben bé un mes. Era el migjorn d'un dissabte quan va entrar a la taverna aquell treballador del mas, de pas cap a Sant Roc.

—S'ha mort aquell vell del mas —digué el foraster al taverner, que en aquell moment rentava el taulell amb un drap.

—Sents això, Gerard? —digué el taverner—. Diu aquest bon home que ha mort l'amo del mas.

Gerard va saltar immediatament i s'avançà on estava aquell home.

—En Macià, mort? I Tomeu?

—Fa quasi un mes. En Tomeu està desfet. Sembla una ànima en pena. Jo i dos més acabàrem ahir la nostra feina. A boqueta nit vam cobrar i ens vam acomiadar. S'ha quedat sol en Tomeu amb una xica i un parell d'homes. Des de la mort del vell Macià que estàvem sense fer res. A nosaltres ens ha paregut que ja estava bé.

Gerard va pagar i va eixir en direcció a sa

casa. Aparellà el cavall i va agafar el camí de la muntanya.

Encara era prompte, però l'hivern anava tancant-se i els dies acurtaven d'una manera sorprenent. Muntà de pressa el camí. Quan arribà al pla del mas era quasi de nit. Una grossa nuvolada impedia el pas de la llum del sol, que s'enfonsava darrere de les muntanyes. De tant en tant, uns llamps continguts il·luminaven el ventre fosc dels núvols i un enrenou de trons somorts, quasi imperceptibles, planava sobre les construccions del mas com un mal averany.

Avançà lentament pel camí cap a la casa amb la sensació que s'endinsava en el centre de la tempesta. Les ferradures del cavall trepitjaven sorollosament el pedrís de la plaça del mas, esquinçant l'atmosfera. Una finestra de la casa s'obrí de sobte i una ombra aparegué davant d'ell, a contrallum de la tènue claredat d'un ciri. El cavall es va aturar i es va plantar sobre les potes de darrere, negant-se a avançar i renillant espantat.

Poc després l'ombra desaparegué i va tornar a aparéixer a la porta.

—Gerard! —va poder escoltar.

Gerard va baixar del nerviós cavall i el mantingué fort de les regnes, sense avançar un pas.

—Gerard, sóc jo.

En la tenebra, reconegué el seu cos eixut i vigorós, els seus llargs cabells i el seu rostre bru. Sota l'arc feixuc de les seues celles veié aquells ulls d'un blau tan clar que ara l'inquietaven de forma desacostumada.

Gerard va lligar el cavall en la quadra i va seguir en silenci Tomeu. Van seure a la cuina en sengles cadires baixes, al caliu de la llar. Les flames il·luminaven el rostre agitat de Tomeu.

—Estic perdut, Gerard —digué Tomeu amb veu trencada—, estic perdut. Els projectes que amb tanta força he iniciat, ara em semblen lligats per un fil tan feble que qualsevol mal vent els pot fer fracassar.

Gerard volgué consolar-lo, però era ja un home fet i dret i li resultava molt difícil articular quatre paraules d'afecte mal lligades.

—Si necessites alguna cosa, Tomeu... —li digué.

En Tomeu el mirà de reüll. El tenia tan a prop que podia allargar la mà i tocar-lo; tanmateix, un vall de silenci semblava ara separar-los. Els pensaments de Tomeu s'avalotaven violentament.

A fora, una tempestat irada acabà desvetlant-se. La pluja colpia torrencialment contra els vidres i el vent batia violentament les finestres, com si volguera introduir-se a dintre.

Quan el silenci entre els dos amics fou tan llarg que resultava insostenible, en Gerard s'excusà i va buscar una cambra on passar la nit.

Tomeu el veié desaparéixer i tingué la impressió que s'allunyava per sempre. Ell es va quedar quiet, avivant el foc de la llar. Sentia la pell abrusada, però un fred intens habitava en el seu interior.

Un impuls irracional menà de sobte Tomeu vers les estances dels treballadors. Isqué al carrer. La pluja tallava el seu rostre. Va empentar la porta de la quadra. Novament aquella tebior humida d'animal i farratge. Pujà l'escalà i va passar pel corredor de les estances. Va obrir distintes portes abans de trobar el que buscava.

Remei, la xicota que aquella nit de verema el rebé entre els seus braços, aparegué a mig vestir i despentinada de dins d'una cambra, que va tancar acuradament. Tomeu se li atansà. Va voler dir-li que l'estimava, que es quedara amb ell, que seria l'ama. Volgué fondre's amb el seu cos, que la seua calor li donara el conhort que necessitava. Tanmateix, es va quedar aturat quan va escoltar el fals somriure de la jove.

—M'haurà de pagar, amo, si vol que li guarde el nostre secret —li digué burleta Remei, mentre agafava la mà insegura de Tomeu i l'aproximava al seu pit.

Tomeu es va soltar ple de ràbia i va eixir corrent. Remei va esclatar a riure sorollosament a les seues espatles.

L'amo del mas caminà esmaperdut pel paisatge inundat. La tempesta havia pres una violència paorosa i el vent feia batre's els arbres en un ball infernal. La pluja queia com un assot sobre ell. Que sol que es trobava! Va maleir la seua sort i amb una força irracional arrancà del seu coll aquella cadena, aquella maleïda medalla, aquell tros de plom que semblava tenir-lo lligat per sempre a un destí infaust.

—Si no puc ser un home, viuré com un monstre —es digué. La llum encegadora d'un raig que caigué molt pròxim, il·luminà el seu rostre deformat.

PART QUARTA
TEMPS DE REVENJA

I

Les noces de Gerard i Mercé se celebraren amb l'absència de Tomeu. Quina estranya vilesa havia dut Gerard a no comunicar l'esdeveniment al seu millor amic? Quan els darrers convidats havien abandonat la casa, es mirà la seua dona exultant i ell sentí una forta recança.

—En què penses? —li va dir Mercé, amorosida.

—En Tomeu —li digué—, potser hauria d'haver-li dit alguna cosa.

—No hi penses ara —li digué, agafant-lo de la mà—. És millor que ho deixes estar. Mai m'ha fet gràcia, la veritat. Sempre m'ha resultat molt estrany.

—Tu també? —saltà Gerard—. No és cap guillat. Si el conegueres bé, no gosaries parlar així. T'ho assegure.

Mercé no va saber què contestar i obrí entre tots dos un profund silenci. Gerard mirà amb molt de pesar el rostre compungit de la seua dona.

—Potser tingues raó —digué finalment Gerard, amb veu insegura.

* * *

Oblidada aquella petita discussió, arribaren dies de felicitat per a la parella. Gerard estava cada vegada més encantat amb la seua nova situació de novençà. Li agradava tornar a casa i trobar-se tan emparat per aquelles dues dones que eren tota la seua vida. Sa mare passava el dia endreçant la casa i la seua dona vivia només per donar-li felicitat. La benaurança de Mercé i la poca feina que feia a casa l'havien feta engreixar i el seu rostre ja bell havia pres un semblant d'una placidesa deliciosa.

—Deixa-la que dorma —deia Gerard a sa mare—: prompte no tindrà prou mans per atendre tots els xiquets que, a poc a poc, aniran omplint la casa.

Passà un curt estiu i Gerard tornava a casa més prompte del que era habitual, amb l'esperança que, a penes obrir la porta, la seua dona es tiraria als seus braços i li donaria la bona notícia. Però aquell esdeveniment es feia esperar.

Hi arribà, de sobte, una tardor tempestuosa i freda, a la qual seguí un llarguíssim hivern. Pel desembre van començar a caure les primeres volves de neu. Va nevar durant tota una setmana i, quan després d'eixir tènuement el sol tots esperaven que el temps s'asserenara, una boira espessa i glaçada començà a davallar per la muntanya, arribà lentament sobre els terrats del poble i s'hi va quedar enganxada.

Que poc estaven acostumats en aquelles contrades als dies sense sol! A aquells dies tristos en seguiren molts altres igualment freds i foscos. Cada matí, en despertar, Gerard rentava amb les mans el baf de les finestres i guaitava el cel, cercant una escletxa de llum entre les denses nuvolades. El caràcter de Gerard va anar fent-se cada dia més estrany. Clos a casa, esperava la primavera amb ansietat, pensant només a veure renàixer els camps i que la calor fera arrelar en el ventre de la seua dona el fruit que tant esperava.

Però l'hivern s'allargava de forma inusual. Si no nevava, era un temporal de pluja que negava els camps i impedia realitzar qualsevol treball.

Fart de trafegar per casa, a poc a poc, les visites a la taverna de Gerard van anar fent-se habituals. Tanmateix, aclaparat per les constants bromes dels parroquians més assidus sobre el retard d'aquell fill que tant desitjava, passava les vesprades en un racó bevent sol, esquiu a la companyia dels altres.

Començà a beure molt. Pels seus ulls aigualits

passaven sovint imatges de la seua infantesa. El record del seu amic Tomeu, sovint, l'omplia de neguit. Recordava dolgut aquelles darreres paraules: «Els projectes que amb tanta força he iniciat, ara em semblen lligats per un fil tan feble que qualsevol mal vent els pot fer fracassar».

També ell se sentia fracassat. Només calia veure's ell mateix mirant el got de vi amb aquell parar d'home acabat que tant odiava. Pensà en aquell moment visitar el mas. Què seria de Tomeu? El va veure tan abatut aquella ja llunyana nit! A més a més, va marxar del mas sense veure'l, després d'esperar-lo en va tot el matí a la porta de la casa.

Un matí es decidí a visitar l'heretat. Llustrejava un dia profundament gris. Del poble estant, el camí del mas s'ocultava entre una espessa bromada. Feia fred, però no plovia. Va esperonar el cavall i va desaparéixer camí amunt.

Recorregué amb enyorança dels temps passats els primers revolts, però prompte es va veure immers en una boira tan densa que el camí a penes s'endevinava. Va sentir por de precipitar-se en l'abisme que intuïa als seus peus. El fred i un incert terror el paralitzaven.

En arribar a l'heretat, lligà el cavall en una anella rovellada. Va trucar a la porta de la casa.

Un silenci fantasmal envoltava aquell paratge. No s'oïa cap ocell i el vent semblava haver callat per sempre. Als camps malendreçats s'endevinaven els esquelets ennegrits dels ceps, els sarments nus dels quals li semblaren ara sinistres cabelleres. La plaça descurada denotava un llarg abandonament.

Cridà fort el nom de Tomeu. Un eco molt llunyà fou l'única resposta. Va provar d'obrir la porta de la casa, però estava barrada. Després, passà per davant del celler i va provar sort amb la porta de la quadra. Girà la maneta i la porta s'obrí amb la lleu pressió de la seua mà.

Es precipità a la tètrica foscor de la quadra. Només la crepitació de la palla trepitjada acompanyava els passos insegurs de Gerard. Els finestrons havien estat barrats amb fustes i només unes minses escletxes de llum permetien endevinar el lloc on eren situats. S'aproximà a un finestró i arrancà un tauló.

La quadra s'omplí d'una llum pobra, lletosa. Mirà a l'un costat i a l'altre, provant de trobar algun indici de vida. Es percebia per tot una fetor molt desagradable. Al fons es veien encara algunes garbes d'alfals i uns pocs sacs de farratge. Res més. Es disposà a eixir i adreçà els seus passos vers la porta quan s'entretopà amb el que pareixia un sac polsós de palla.

—Déu meu!— exclamà Gerard. Era un cavall mort. Se li veien els ossos del crani i les conques buides dels ulls li donaven una aparença espantosa. En la pell mig corcada de la panxa hi descobrí fenedures profundes, com si haguera estat estripada a mossos.

No pogué suportar-ho més. Corregué cap a la porta. El seu cavall estava inquiet. Per un moment cregué veure una ombra desaparéixer entre uns matolls. Muntà al cavall i s'enfilà pel camí amb l'estranya impressió que algú l'observava. Mirà enrere mentre esperonava el cavall i cregué veure obert, dalt de la quadra, un finestró de la pallissa.

—A què tens por, Gerard? —es deia mentre fugia.

—Això és el que fan els covards, Gerard? —es repetia.

Aturà el cavall i el féu girar. Hagué d'esperonar-lo fort per obligar-lo a tornar. Avançà lentament, fent el cor fort a mesura que s'aproximava.

Entrà novament a la quadra i va esquivar el cadàver del cavall. Després, enfilà l'escala de la pallissa. La seua por creixia a mesura que arribava dalt. Passà pel corredor de les estances dels jornalers. Pressentí que alguna cosa estranya habitava aquells espais i, per un moment, imaginà les cambres poblades d'espectres. Al fons veié una porta oberta. Es va aturar. En aquell moment estava tan excitat que se sentia als polsos el batec del cor i una angúnia insuportable el consumia. Per fi es decidí a entrar. Hi va veure una màrfega de palla. Darrere, unes taques de sang ennegrida cobrien el sòl i uns ossos grossos, esquerdats, testimoniaven l'àpat d'alguna bèstia.

Tornà a la casa i va forçar la porta fins que va cedir. Dintre hi regnava una normalitat absoluta, però tingué la certesa que Tomeu se n'havia anat. Va eixir al carrer i, novament, li paregué veure una ombra desaparéixer per la part de darrere de la casa. Una suor gelada li cobria el front. Va voler seguir l'ombra, però un terror angoixant el tenia clavat al terra. No podia suportar-ho més. Muntà al seu cavall i desaparegué veloç pel camí de tornada.

II

Pocs dies després, Gerard ocupava el lloc de costum en aquella abjecta taverna. Davant d'ell, un got de vi i uns pensaments mesquins.

Pensava Gerard que era inútil tornar a buscar Tomeu. Si se n'havia anat, ja tornaria. De segur que havia passat l'hivern en companyia d'alguna dona en algun poble gran, a Sant Roc, segurament. Al cap i a la fi, Tomeu encara devia tenir diners i ja era un home dret i fet. A vegades la por torna vils les persones i Gerard havia pres la decisió de deixar-ho córrer tot i que el temps esborrara els seus temors.

Immers en aquelles reflexions, no es fixà en aquell foraster que va entrar esglaiat a la taverna. Tanmateix, els crits d'espant de l'home esvaïren de sobte la boira dels pensaments de Gerard.

—Un llop, un llop, m'ha atacat un llop. L'he vist amb els meus propis ulls, us ho puc ben assegurar. —L'home estava xop i tot brut de fang.— Allí dalt a la serra. He buscat aixopluc en aquell mas d'en Macià. M'ha eixit de sobte de la quadra.

M'ha fet caure del cavall. Vinc corrent des d'allà dalt.

Aquell home semblava realment aterrit i contagià immediatament la seua por a tots els homes que es trobaven en aquell moment a la taverna. A base d'insistir molt, els homes convenceren Gerard que els acompanyara a fer una batuda.

—Tu coneixes bé aquell lloc. Has de vindre —li repetiren.

Als homes que hi havia aquella vesprada a la taverna se'n van unir molts més. Al matí següent la petita plaça del poble bullia de gent, els uns disposats a participar en la batuda i els altres a punt per tafanejar fins a l'últim detall.

Els homes van beure abundantment a la taverna i van eixir amb l'ànim exaltat. Cavalcaren a trot el difícil camí. Al mas hi regnava una calma absoluta. Van anar directes a la quadra i van pujar a la pallissa, al lloc on els havia indicat Gerard.

—Sí, ací deu haver fet nit algun animalot. Alguna rabosa, algun gos perdut, segurament —va dir un d'ells, que havia pres el comandament.

—Era un llop —repetia aquell home.

—Que tu has vist mai cap llop? —li preguntà Gerard. Tenia l'esperança que la covardia del foraster esborrara el temor que ell mateix sentia.

—Era un llop. El cavall s'espantà. Mai havia vist una bèstia com aquella. Tenia un cap molt gran i uns claus llargs i uns ulls que feien por de mirar.

Tots el miraven desconcertats.

—Bé, plovia molt, el vaig veure de lluny..., però us assegure que era un llop.

Van fer un escorcoll per la casa i després van fer una batuda entre el boirim de la serra fins a mitja vesprada.

—Si hi ha cap bèstia per ací —digué Gerard— de segur que l'hem feta fugir.

Al bell mig de la plaça de l'heretat, feren molts trets d'escopeta a l'aire. El soroll i l'olor de pólvora cremada els feia sentir més forts, i tenien la convicció que espantarien allò, el que fóra que haguera vist aquell foraster.

La colla va tornar a bona marxa al poble. Una comuna inquietud els apressava a arribar a casa abans que caiguera la nit.

Tot i que ningú va poder confirmar la presència de la bèstia, un temor incert s'expandí per les cases des d'aquell dia. Fins i tot els caçadors més atrevits van començar a buscar excuses per no allunyar-se de casa i s'havia corregut el rumor que udols estranys se sentien a la muntanya.

III

Lluny de l'heretat, lluny del poble, a Sant Roc, una xica jove i prima eixia d'una taverna del port. Era una nit de març molt freda. Un vent humit i salnitrós colpejà la seua cara entumida per la beguda. Amb un moviment maldestre es va cobrir el coll amb un mocador fi i destenyit. A pesar del fred, duia una roba lleugera i pobra.

Va seguir un moment per la vorera; al fons, a la foscor, percebia el remoreig de les ones agitades desfent-se contra els dics i, al moll, el grinyol de les embarcacions amarrades, entretopant-se les unes amb les altres. Els bastiments dels vaixells escampaven en la nit, de tant en tant, nítids repics metàl·lics. Passà per la porta il·luminada de l'Hostal del Mar. Al fons del port es percebia imponent l'ombra del castell.

Va girar per la primera cantonada, endinsant-se per un carrer estret i sense llum. Tot i que era el seu camí habitual, un temor estrany l'envaïa. Va començar a apressar el pas. Les seues espardenyes gastades s'arrossegaven per les llambordes humides amb un fregadís somort. Darrere seu, el soroll d'uns passos més vius començava a evidenciar-se.

—Un altre pelacanyes se m'ha enganxat al darrere —pensà, asserenant-se.

Després, va girar a la dreta vers el barri alt. Darrere seu, els passos no es detenien. Va decidir esperar al bell mig del carrer i es va aturar. Havia begut tant que a males penes aconseguia mantenir-se dreta. Una ombra malforjada se li atansava. L'ombra també es va detenir, però després va continuar vers on ella era.

—Véns a escalfar-me el llit, rogeta? —li va dir l'ombra, farfallosa i desdentada.

—Vés i fila, desgraciat! —li va respondre la dona, irada.

La dona continuà camí a casa. Ara havia de muntar una llarga i estreta escalinata. Relliscà en el pedrís del primer escaló i va caure a terra.

—Maleïda escaleta! —cridà, i el seu crit va fer obrir les portelles d'un finestró.

—És aquesta bagassa de Remei, ja deu anar bufada —va dir una veu de dona. Un riure fort d'home es va escoltar de dins la casa.

Remei seguí pujant penosament els graons. Després, arribava una petita placeta i allí mateix, sa casa; una casa estreta molt humil i molt estreta, amb les parets miserablement esbornagades.

Empentà la porta i s'endinsà en la penombra. Va tancar la porta. Sentí, de sobte, en la seua espatla escanyolida, unes mans molt grans i fredes. Es va girar espantada. Uns ulls blaus molt clars brillaven en la foscor. Sentí uns llavis gruixuts acaronar el seu coll agitat i, després, unes dents es van clavar en la seua pell freda i vellutada de terror.

* * *

La dona caigué al terra, desmaiada. A sobre, aquell ésser monstruós es disposava a fruir del festí de la sang, el banquet d'aquell horror nascut de la seua solitud sinistra, aquell odi contra el món que havia acabat per germinar al seu interior.

De sobte, però, un crit feble esclatà dintre de la casa. L'ombra va alçar el cap i va dirigir la seua mirada dalt d'una estreta escala. Es va incorporar a poc a poc i, amb molta cura, muntà un a un els graons. Novament va escoltar aquell plor feble, talment un bel indefens. Ja res podria aturar el seu horror.

Dalt de l'escala hi havia un estret i obscur corredor. Es podia veure, al fons, una llum vacillant i pobra. S'hi atansà en silenci i, des de la porta, mirà l'interior de la cambra. Un bressol cobert per un cobricel de gasa es bellugava al fons amb el moviment inquiet d'un nen. El plor incessant del nadó atordia aquell estrany ésser i, per un moment, es va quedar molt quiet. Va voler que callara i avançà amenaçador sobre ell. L'odi intens que enterbolia la seua ment no s'aturaria davant de res.

Amb un colp arrancà el fi cobricel i es disposava a llançar-s'hi brutalment contra el nen. Tanmateix, un pensament, un record llunyà el va aturar de sobte i dubtà novament. La flaire del nadó li semblà deliciosa, però el seu plor el tenia fora d'ell. En un moment, però, va poder fixar-se en els ulls del nen. En l'aflicció d'aquells ulls tan clars, veié reflectida, de sobte, la seua pròpia desgràcia. Reconegué el nen i es va reconéixer ell mateix.Va alçar la criatura entre les seues mans monstruoses i la va recolzar en el seu pit inquiet. Sentí la tebior d'aquell cos menut i una sensació de felicitat immensa esvaí el turment que afligia el seu cor de gel.

IV

Hi ha pocs sentiments més inescrutables que la por. Durant aquells ombrívols dies, un terror misteriós cobria el poble tan prompte com queia la nit. Arreplegades a les cases, les gents paraven l'orella a qualsevol soroll. Les gotes de pluja sobre les canonades de llautó els feien estremir i sovint les remors del vent semblaven veus de gent inconeguda que passava misteriosa pels carrers deserts.

Gerard sentia també aquell terror. Però, temia més per la vida del seu amic i a casa seua es resava tots els dies per la seua sort. Ningú va saber dels seus estranys pressentiments ni de l'ombra que va creure veure la vegada que havia muntat sol al mas. Més tard, una vegada va arribar a casa amb la colla que havia fet la batuda, quan ja havia recuperat l'alé i asserenat l'ànim, acordà amb la seu pròpia consciència que no hi havia llops per aquelles contrades i que no era estrany encreuar-se amb algun gos perdut i salvatge per la muntanya.

Tanmateix, pocs dies després, a la taverna van rebre la visita d'un caporal de la guàrdia. Els qui el van veure entrar el van mirar plens d'ànsia. El caporal va avançar entre els homes i va seure en una cadira amb un gest de cansament. Després, penjà el fusell a la cadira i deixà el barret sobre la taula. Es passà un mocador pel front esguitat de fang i demanà un got de vi.

Quan acabà de beure, es va trobar encerclat per un nombrós grup d'homes. Els féu seure al seu voltant i començà a fer-los preguntes, si havien vist cap foraster o notat cap cosa estranya. Els va fer saber que el vell jutge de Sant Roc havia sigut assassinat.

—Fou horrorós. El van trobar al llit de sa casa amb el cos estripat —digué el caporal—. El llit era un bassal de sang. Es parla d'alguna revenja.

Després, el caporal callà un moment, observant l'efecte que les seues paraules havien causat en cadascun dels presents. Tots se sentien atemorits i la mirada penetrant del caporal els feia sentir còmplices d'aquell crim.

—I això no és tot —prosseguí el caporal—. Després de la mort del jutge, sembla que el criminal ha atacat també una dona. El fill de la dona, un nadó de pocs mesos, ha desaparegut. Ella s'ha tornat boja. Sembla que la por l'ha feta emmudir i ningú li pot traure cap paraula que puga aportar detalls del que va ocórrer.

Algú del cercle es va avançar i comunicà al caporal de la guàrdia la desaparició de l'amo de Can Macià.

—Desaparegut? —s'estranyà el caporal—; jo mateix he parlat amb ell aquest mateix matí. Vaig pensar de muntar a l'heretat perquè és un lloc tan isolat que podia bé servir de recer a qualsevol malfactor. He vist el nét d'en Macià amb els meus propis ulls i he parlat amb ell. M'ha semblat una bona persona. M'ha dit que no havia notat res d'estrany.

Després d'haver pronunciat aquelles paraules, el caporal es va quedar callat, amb la mirada baixa, sobre el got de vi que sostenia entre les dues mans. El seu cap començà a rutlar i de sobte va creure establir alguna relació entre la desaparició de Tomeu i aquell crim. D'improvís, colpejà fortament amb el got sobre la taula.

—Aquell estranger que van penjar fa anys... —preguntà neguitós el caporal— no tenia tractes amb el vell Macià?

—S'ha dit sempre al poble que en Tomeu és fill d'aquell criminal —va dir el taverner, que havia anat aproximant-se al grup, atret per la conversa.

El caporal mirà el taverner, però tenia la mirada perduda en molts pensaments.

—Torne a la caserna —digué el caporal—.

Avisaré el comandant i hi pujarem una patrulla. Si és aquell Tomeu l'autor dels crims, us puc assegurar que és una mala bèstia molt perillosa. Algú del poble hauria de vigilar el camí, per si vol fugir.

Els homes del poble tornaren a fer colla. Organitzaren dos grups i feren guàrdia tota la nit amb escopetes al camí de muntanya. Gerard sabé de l'enrenou, però no va eixir de casa. Estava perplex i dominat per una febrosa angoixa.

De bon matí aparegué la patrulla. Els del poble se'ls uniren i prengueren el camí del mas. Tots estaven molt excitats. El comandant els va haver d'advertir que no havien de disparar, llevat que ell els atacara. Arribaren a la plaça del mas, els cascos dels cavalls repicaven sorollosament sobre el pedrís. Encerclaren tots tres edificis.

—Ix, criminal! —va cridar un dels homes. Després tots s'uniren a la mateixa cridòria.

Però ningú no va respondre. Tombaren les portes i escorcollaren totes les cambres, la pallissa i cada racó del celler. No n'hi havia rastre i, encara més, semblava que res havia canviat a l'heretat des d'aquell altre escorcoll que la colla del poble havia realitzat.

V

Arreplegades les gents a la vora de la llar, a les cases no es parlava d'altra cosa que d'aquells horrorosos crims. L'aversió que sempre havien sentit per aquell hereu del mas semblava ara justificada. Se sentí dir que en Tomeu era un fill del dimoni, que aquells ulls de boig feien por només de mirar.

Gerard se sentia molt confús: si bé no considerava el seu amic cap assassí, les circumstàncies dels crims semblaven apuntar-lo de manera inequívoca. D'altra banda, no podia eixir de casa sense sentir la mirada inquisidora dels veïns, els quals, pel fet de ser el seu únic amic, semblaven donar-li part de la seua culpa.

* * *

En aquestes circumstàncies, va arribar la primavera i amb ella les festes del sant patró. Ja no feia fred, però les festes van haver de celebrar-se sota uns xàfecs que desesperaven els més devots.

Gerard i Mercé es van decidir a eixir de casa.

Van haver d'acudir a la missa amb paraigües, evitant els tolls d'aigua que omplien els carrers. Era festa, però a l'església una gèlida inquietud es dibuixava en el rostre dels fidels.

Repicava somorta la campaneta de l'escolà la consagració quan, de sobte, un colp fort i sec se sentí a la porta de l'església, que s'obrí de bat a bat. Tots es giraren esglaiats. Una ombra estranya aparegué al llindar de la porta i avançà entre les files de bancs. Era un home menut, vestit amb un llarg abric de color fosc.

Un remoreig intens inundà la nau de l'església.

—És el nét d'en Macià —se sentí dir.

—Sí, sí, és en Tomeu —confirmaren.

El rector s'havia quedat bocabadat mirant-lo. En Tomeu continuà avançant i s'agenollà amb el cap cot en la primera fila de bancs. Després de fer-se al front el senyal de la creu, alçà el cap i féu al rector un estrany somriure. Després, amb veu mal compassada, acompanyà el cant descentrat dels fidels.

Tots estaven esverats. L'estranyesa i la por bategava en els seus cors d'una manera intensa. Alguns homes dels darrers bancs abandonaren silenciosament l'església.

Tanmateix, en Tomeu semblava tranquil i

seguia amb atenció els moviments nerviosos del rector. Per a sorpresa dels presents, en el precís moment que el rector alçava el calze, uns rajos de sol travessaren tímids els alts vitralls de la nau i una llum intensa començà a inundar les parts més altes. Les barroques robes de sant Jordi, il·luminades de sobte per la bella llum, recobraren la seua lluïssor i magnificència. L'espasa del sant patró s'elevava refulgent i victoriosa sobre la bèstia, que jeia humiliada, més que mai, als seus peus. A poc a poc la llum davallà sobre els bancs, escalfant els rostres paralitzats dels feligresos.

Tomeu girà la mirada buscant el seu amic Gerard. Amb els ulls enlluernats el va poder reconéixer pocs llocs darrere d'ell, al costat de la seua bella muller. Tenia un parar circumspecte i Tomeu li féu amb el cap un discret gest de complaença.

El rector acabà la cerimònia precipitadament. Gerard esperà nerviós el seu amic, aturat al bell mig del corredor entre els bancs. Ningú més s'atrevia a abandonar el seu lloc. Els dos amics van eixir junts, sense gosar mirar-se, al carrer desbordat de llum encegadora. Un escamot d'homes armats esperaven Tomeu a la porta de l'església.

Instintivament, Gerard s'aferrà al braç del seu amic, com volent retenir-lo al seu costat.

—Ara me n'he d'anar, Gerard —va dir Tomeu en veure's pres—, però, no temes, he tornat per sempre.

Tot i que els homes estaven armats amb escopetes, la por es dibuixava clarament als seus rostres. Durant un immens instant de silenci, Tomeu els mirà un a un, fixament. Semblaven molt excitats, però abaixaven el cap en sentir la mirada de Tomeu. Tots el coneixien i ell els coneixia, a tots. Darrere del grup, una mica amagat, va poder reconéixer aquell grandot de Fabià.

—Sóc pres, caiga sobre mi la vostra llei —els digué Tomeu. Darrere seu, les persones que encara no havien eixit de l'església, seguien l'escena sense gosar moure un dit, com estàtues mortes d'un immòbil retaule.

D'improvís, un tir va eixir de la part de darrere de la colla. Fou un segon, un inapreciable instant en què va semblar que el temps s'aturava. Tomeu caigué fulminat als peus del seu amic.

Gerard es va agenollar per socórrer Tomeu, però en els seus ulls ja no va poder apreciar cap signe de vida. Els ulls de Gerard s'ompliren de llàgrimes. Sentia un dolor molt gran i una incontenible ràbia l'aclaparava. Alçà el cap i mirà el nombrós grup de persones que els envoltaven.

—Mateu-me a mi ara —cridà embogit Gerard—. Aboqueu sobre mi el vostre odi. Que Déu perdone la nostra covardia!

VI

Gerard i Mercé tornaren abatuts a casa. La casa, tan endreçada i plena de llum, semblava reflectir la joia de la festa, tanmateix els seus pensaments eren funestos. Mercé corregué a la cuina a contar a la mare de Gerard el que havia ocorregut. Gerard, mentrestant, seia en una cadira del corredor de l'entrada amb el pensament captiu pels esdeveniments. També ell se sentia molt covard, el més covard de tots. Sentia que havia abandonat el seu amic, que res havia fet per ajudar-lo quan el va veure tan desesperat.

De sobte, però, va sentir el plor d'un nen petit. Es va quedar de pedra. Pensà, de seguida, que ho havia imaginat. Tanmateix, el va escoltar una altra vegada. Semblava venir de la part alta de la casa. Gerard s'incorporà immediatament i corregué escala amunt, menat pels plors cada vegada més intensos. No, no es tractava d'un somni, hi havia un nen a casa. Entrà a la seua alcova. Al llit espaiós descobrí un fardell que es movia insistentment. S'hi atansà. L'emoció estava a punt de fer-lo perdre els sentits. Obrí el fardell. Era un nadó de pocs mesos. En el fons dels seus ulls d'un blau molt clar descobrí la mirada desvalguda d'aquell nen que aparegué un dia per l'escola acompanyat pel vell Macià. Li va llevar la manteta que el cobria i descobrí una medalla de plom, aquella mateixa medalla que va veure penjada del coll del seu amic Tomeu, amb una estranya creu en una cara i en l'altra unes paraules escrites en un alfabet que no podia entendre.

PART ÚLTIMA
REDEMPCIÓ

Em van posar el nom de Jordi. En realitat era la segona vegada que em van batejar. De la primera, no he trobat ningú que me'n poguera parlar. De ma mare vertadera, no vaig saber res fins molts anys després de la seua mort en un hospici, malalta d'una estranya follia.

Del meu veritable pare, Tomeu, nét d'en Macià, he tret els ulls, però passe per ser un home alt, tinc el cabell clar i la meua pell és molt blanca.

De la nova vida que vaig iniciar amb aquell segon baptisme, conserve bona memòria. Vaig tenir una infantesa feliç. Només aquelles temporades que vaig passar enfebrat al llit aombren els meus records. Al poc de temps de la meua arribada, els meus nous pares van poder assolir el seu somni de tenir descendència pròpia i em vaig criar amb un xic i dues xiques que he estimat sempre com germans.

Tot i que Mercé mai demostrà per mi l'amor que s'espera d'una mare, el seu marit, Gerard, em volgué tant que el seu amor em bastava. Quan em venien aquells estranys atacs de febre, era ell qui es quedava sempre al meu costat i em posava a sobre del pit aquella misteriosa medalla.

De l'heretat, en vaig tenir notícia bastant tard. Devia tenir poc més o menys dotze anys quan hi vaig pujar amb mon pare, Gerard, per primera vegada. Una sensació indescriptible em va colpir quan vaig arribar al bell mig de la plaça. Aleshores no sabia per què, però sabia que quelcom em lligava a aquell lloc isolat i, en sa ruïna, revestit d'una estranya bellesa. Les cambres abandonades i cada polsós objecte semblaven parlar-me de vides passades que m'eren molt pròximes.

Vaig recórrer sol la casa, escodrinyant cada racó, regirant cada calaix. Sota uns llençols vaig trobar una vella fotografia impresa en gros cartró engroguit pel pas dels anys. S'hi distingien quatre persones: un home vell i un nen petit als seus braços; darrere d'ells, un home menut i una dona, que per la roba que vestien, devien ser els criats. No sabia qui era aquell nen, els ulls del qual quasi no es distingien de tan clars com eren. Se m'assemblava, però, de forma pertorbadora. Em vaig esglaiar tant que recorde que durant molt de temps vaig evitar mirar-me als miralls per no recordar-ho. M'espantava sobremanera descobrir als meus propis ulls aquella estranya mirada. Vaig deixar la fotografia al mateix calaix i vaig buscar mon pare. El vaig trobar assegut en una cadira de braços, regirant uns vells papers. El paper bast d'una carta tremolava entre les seues mans.

—Vine, Jordi; t'he de parlar —em va dir mon pare. Tenia un semblant molt seriós i jo sentia una forta basarda—. T'agrada aquest lloc?

—No ho sé —li vaig respondre—. Em fa una mica de por.

—No fa molts anys aquesta era una heretat molt rica. Tothom n'havia sentit parlar.

—Que és teu aquest mas, pare? —li vaig preguntar.

—Tu ets l'únic amo, fill meu.

Em vaig estremir.

—No, no vull, no vull ni un grapat de terra —li vaig respondre irat i me'n vaig voler anar.

—Jordi! —em va aturar secament Gerard—. Mai t'he amagat que no sóc ton pare veritable. T'he estimat com un fill, però ets fill del meu amic Tomeu i res pots fer per evitar-ho.

Vaig eixir corrent de la cambra i vaig vagarejar confús molt de temps pels camps. Mon pare em va trobar i vam tornar a casa. Em vaig posar molt malalt. Novament aquelles estranyes febres em van postrar al llit durant més d'una setmana. La medalla que duia penjada al coll em feia nosa, em semblava un objecte inútil que, més que protegir-me, em desesperava i em tenia lligat a una vida desgraciada. Però, em vaig curar i vaig haver d'admetre que el meu destí estaria lligat per sempre, m'agradara o no, a aquell tros de metall.

Vaig créixer fort i, amb l'ajuda de mon pare, vaig començar a dominar el disgust que em produïa aquella heretat. Pujàvem molts dies a treballar-hi acompanyats del meu germà. Vam treballar fort i, cada any que passava, veia eixamplar-se els camps conreats. La terra generosa em va fer ric en pocs anys i jo vaig fer ric mon pare i els meus germans. Vam arreglar els habitatges i els vam omplir de gent. Una nit d'estiu, després de fruir de la companyia dels segadors a la vora del foc, vaig pensar que aquella podia ser ma casa i m'hi vaig quedar.

El mateix any em vaig casar amb una bona xica, filla d'un propietari arruïnat. Esperàvem el nostre primer fill quan vaig rebre la visita de Gerard. Repassava comptes al meu despatx i quan vaig alçar el cap, la meua mirada va topar amb el seu pensarós rostre.

—Vas a ser pare, Jordi. Em fas molt feliç.

Confusos sentiments bategaven en la meua ment quan em va parlar. Si se n'alegrava, per què el seu rostre semblava tan preocupat? Què em volia amagar?

—Què vols de mi? —li vaig preguntar.

—Només necessitava veure't. Veig que et van bé les coses i això m'ompli de satisfacció.

—Què em vols dir, pare? —li vaig dir amb brusquedat.

Va seure al meu costat, espirant un gest de fatiga. Em va mirar fixament una llarga estona. Després, d'improvís, dels seus llavis, primer trèmuls, després més asserenats, vaig escoltar aquesta mateixa història. La història de la meua nissaga, la història d'aquesta heretat, des d'aquell dia en què aparegué per aquesta mateixa casa aquell estranger de nom Nordahl Skram.

—La solitud és un corc que ens podreix les entranyes, Jordi —va concloure mon pare—. Un sofriment tan profund que fa aflorar els nostres instints més feréstecs.

Després, abaixà la mirada i inicià un llarg silenci, que vaig aprofitar per contemplar el seu rostre descompost. Els camins de la vida dibuixaven solcs profunds en el seu front i la seua pell traslluïa una grogor malaltissa.

Tu tindràs un fill —va prosseguir amb sobtada vehemència—, estima-te'l molt. Només saber-nos estimats ens fa sentir forts, ens fa sentir veritablement persones.

En acabant, se m'atansà, allargà la mà i em va descobrir el pit. Les seues mans eren fredes i vaig sentir un calfred desagradable. Vaig deslligar-me la cadena i li vaig deixar la medalla.

La va agafar amb molta cura. Es va incorporar i va caminar per la cambra sense poder apartar la mirada d'aquell objecte. Després, es va aturar en un racó poc il·luminat. Contradictòries sensacions semblaven tenir-lo pres. Acaronà l'estranya creu i després li va fer la volta. Amb aparent escrúpol, va passar el dit índex sobre les seues paraules.

—T'has preguntat mai què volen dir aquestes lletres?— em va preguntar.

—No ho sé —li vaig respondre. Aleshores, me la va tornar i jo també vaig mirar la creu i vaig passar el dit sobre aquells estranys signes. De sobte, prodigiosament, dels meus propis llavis vaig escoltar aquestes paraules:

El diable que els havia enganyat
serà llançat a l'estany de foc
atiat amb sofre, al costat de la bèstia
i del fals profeta.

Quan vaig acabar de recitar aquells inquietants versicles, que vaig reconéixer més tard al Llibre de l'Apocalipsi, em vaig dirigir torbat a la llar de la cambra. Menat per una aliena voluntat, vaig fer foc amb un garbó de sarments polsosos. Unes flames de desacostumada intensitat s'elevaren prompte pel coll del fumeral, mentre una força estranya m'obligava a llançar-hi la medalla. Però, tenia por, molta por de veure'm privat de la protecció d'aquell fetiller metall i vaig dubtar un instant. Finalment, vaig deixar caure la medalla sobre les brases i, en un no-res, aquell objecte era un punt incandescent del qual s'elevà un fum molt brut. Una olor desconeguda per a mi s'escampà per tota la cambra.

L'espectacle em va estremir i el fum em va fer vessar unes llàgrimes. O fou, potser, aquella estranya pau que m'envaí de sobte. Llavors, em vaig sentir lliure, redimit per fi d'un antic sofriment. El món es mostrava davant meu amb una llum nova i va créixer en el meu interior un immens desig de viure, un immens anhel de veure créixer els fruits del meu llinatge i de la meua heretat. Orgullós per sempre més de pertànyer a l'estirp d'en Nordahl.

Corcot, 7 de setembre de 1996

ÍNDEX